21世紀現代短歌選集6・目次

安藤静枝
Shizue Ando

生きる力の伴走者

この度の『二十一世紀現代短歌選集6』に参加の機会を得、感謝と共に短歌を振り返り、来し方に思いを致している。

中学時代の今は亡き国語の先生から「生涯勉強に短歌をやりませんか」、の呼びかけにより始めた。コロナ禍が全世界を揺るがしている今の事態に、ふと母から聞かされた「人生一寸先は闇」の言葉が脳裡に過ぎる。コロナに加え台風や豪雨の自然災害に苦しむ日本も然りと思う。リーマンショックを乗り越えた大和魂で頑張れたらと願う。

日々の日常身辺や、考え思い出来事などを詠み、また他者の短歌を読み楽しみ心豊かになる。作歌の上で参考になるばかりでなく、生き方についても指標となりありがたい。

短歌は私の生きの証であり思い出のよすがともなり、先輩方の短歌は人生の道標でもある。紙とペンさえあれば作れるし、歌を通して友との交流も出来、これからも私の伴走者として共に歩んでゆきたい。

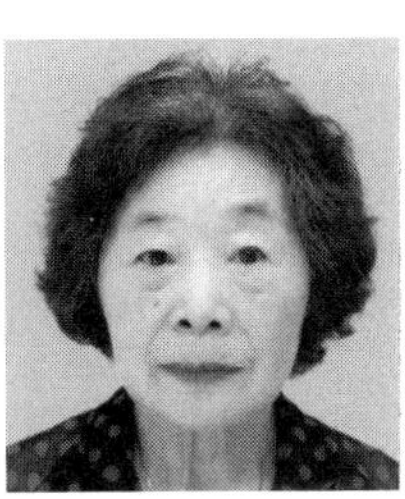

昭和17年、茨城県生れ。所属結社「万象」。「松戸短歌会」在席中、講師の鈴木国郭先生の紹介により「万象」へ入会。

元朝の庭に降り立ち初春の今し生れたる大気身に浴ぶ

歌友より誘はれその御子息の車にて詣づ鎌倉八幡宮

本殿は目の前にあり遠かりき参詣道は人波うづめ

転倒し救急車にて朝七時病院嫌ひの夫が入院

いつ破裂するやも知れぬ動脈瘤脚の付け根に大きな瘤が

医者嫌ひの夫が入院の身となりて日々並《かが》べて言ふ「家へ帰る」と

病院より真夜の電話に駆けつけぬ零時十分命果てにつ

新しき一日生るる深夜零時底知れぬ闇残し旅立つ

うろうろと狼狽《うろた》へてゐる我が前に葬儀屋の者近寄りて来ぬ

万葉の友ら揃ひ香手向け沈みたる我のこころを灯す

夫逝きて娘の泊り来し寒き夜を我の寝床に湯湯婆《ゆたんぽ》ぽかぽか

やうやうと明け初むる頃夫の声年の始まり元気を出せと

ぽつねんと一人縁側に座し居れば背をポカポカ朝日子たたく

日本列島またも台風襲ひ来てライフライン踏みにじりゆく

娘夫婦が遭ひし阪神大震災よくぞ生きけりの思ひが過ぎる

阪神の大震災二十五年目その日のことを娘は語るなく

阪神の大震災に遭ひし娘と共に暮らすは奇跡と思ひぬ

年末の未明に無気味なサイレンが耳に韻きてその後眠れず

台風の警戒発令今朝にあり未明のサイレン納得ゆきぬ

早速に娘が風呂に水を張り懐中電灯我に握らす

夜をこめて吹き荒れてたる台風が千葉に上陸と聞きて驚く

胸裡に悲しみ積もる台風の１５・１９・２１号

台風の去りし青空流れゆくオーイと雲が下界励まし

甚大な被害もたらす台風も野分の言葉にイメージ異にす

朝戸繰る否やヒヨドリ飛び立ちて勝手知るごと直ぐさま戻る

朝なさな我も金柑つひばみぬ柑橘類が目によしと聞き

昼時も既にヒヨドリ食事中きんかん食はへばさと飛び立つ

三月《みつき》ほど金柑を餌に通ひ来し鵯の今朝鳴き音を聞かず

大方の金柑の実を食べ尽し鵯ひそと姿消し去る

長兄の米寿を祝ひ集ひたる家族《うから》もいつしら互みに老いぬ

耳遠き兄の発する大き声語る歴史に耳を傾けり

皆さんに会ふのもこれが最後とぞ述べたる後にまた卒寿もと

第三次大戦かとも脅かし世界揺るがすコロナウイルス

コロナウイルスにオリンピックも呑み込まれ日本頑張れ大和魂

亡き母ゆ聞きし言葉ふと過ぎる一寸先は闇の言の葉

コロナ禍の今年は国も然ならむ一寸先の言葉にれがむ

コロナ禍の感染予防と経済の両立目指し為政者奮闘

かつて日本リーマンショックを立直りGDP世界二位なりしが

コロナ禍の日本の隙を狙ふごと尖閣諸島の周辺騒がし

なかなかに明けぬ梅雨の庭先に小さき紫陽花つぎつぎ生るる

梅雨明けの長引く日々をほのかにも心を灯す紫陽花の毬《まり》

大方の庭の紫陽花いろ褪せず降る雨の中命耀ふ

籠もり居の吾を楽しませ珍らなる色に咲き継ぐ庭の紫陽花

六十路はや白内障の手術をし今は次なる病に戦く

友よりの贈られて来しブルーベリー銀《くがね》や玉にまさりて嬉し

わがために一日をかけて摘みくれし友のこころの光るブルーベリー

朝床ゆ起き上がれずにもがきたり我が体調に何の兆しか

程無くに娘が買ひ来し血圧計わが健康のバロメーターか

幾度も夜に目覚めるは常なりて昼寝もまた習ひとなりぬ

血圧の数値の変動日々激し今日の浅瀬が明日はふちかも

長引きし梅雨明け宣言ありし今日公園響すセミの合唱

有志にて母校の野球の応援す（栄冠会）とふ名称を付け

甲子園へ昔を偲び球児らに夢再びと熱く声援

コロナ禍に娘の夫もテレワーク一日二階に籠もりて居りぬ

今日もまたテレワークとふ時たまに会議らしきが漏れ聞こえくる

これの世にコロナも核もなかりせば世界の平和いかばかりなむ

宇佐見　幸
Sachi Usami

「令和」に寄せて

顧みますと短歌を十六年間続けさせて戴きましたがここ二年程、中断せねばなりませんでした。理由は夫の介護、そして見送り等で私自身が体調を崩してしまったからです。その上熱心に御指導を賜っておりました神作光一先生が体調を崩されお辞めになられてしまいました。

時折わが歌集を繙きますと、その時々の体験は絶対に後日では詠めないとしみじみ思い、短歌の意義を再認識いたしました。そして写真に写らない心の奥を写してくれる文学なのだと感慨が深まりました。

「令和」の元号が『万葉集』から初めて出典されたとの事です。元号が『万葉集』「梅花の宴」の序文から考案されたことで、短歌を学ぶ者にとりまして、格式が上ったような心地が致します。

御指導を賜りました先生方もぽつりぽつりと鬼籍に入られ大変寂しゅうございますがこの意義ある短歌をこつこつと、歳相応に励んで参りたいと願っております。

昭和10年、埼玉県生れ。平成14年「花實」入会。平成17年神作光一先生に師事。平成21年花實新人賞。平成24年第一歌集『栗の実』日本詩歌句協会奨励賞。日本歌人クラブ会員。日本詩歌句協会会員。

初詣で筧の水に身を清め聟と夫との快癒ひた祈ぐ

み社の左右に枝垂るる紅白の梅の蕾のふふめるに寄る

うたごよみ弥生のトップを飾らるる師の詠みませる老梅の歌

すくやかに見上ぐる背丈に育つ孫振袖姿のことさらに映ゆ

振り袖の孫を囲める祝宴に家に臥しゐる夫の過《よぎ》れる

歳晩の長女の電話に絶句する医師なる聟の救急入院

タクシーに倍の速度のまほしかり順天堂の病院遠し

唯黙しうから八人祈るのみ聟の脳なる手術《オペ》の成功

管《くだ》のみを頼りに呼吸なす聟のベッドの姿消えぬ眼裏

命をば取り留めたりと孫の報医博の聟ぞ頑張りさすが

千鳥ヶ淵水面に沿へる傾りにし横しまに咲く真黄の菜の花

青きシート広げて歓迎さるるらん新入社員か花の宴《さかもり》

昨秋より麻生師のみ歌失《う》する歌誌ひた案じをりいたつきの御身

賜れる師よりの報に驚愕す麻生師身罷る重き言の葉

麻生師のご指導綴れるファイル開け朱字のみ言葉かなしくたどる

ひたすらに三十一文字《みそひともじ》を紡ぎ来て師を囲み祝ぐ歌会百回

スタンドを寄せて見詰むる針の孔視力弱まる夏の終りに

幾度も糸をし縒りて的中す刹那うれしき糸巻跳《をど》る

星合ひのごとき逢瀬の巡り来つ笑まひて握手交はす大会

大会のひと日果てたる聖《ひじり》橋に折しも仰ぐ望月の影

伊勢志摩の絶勝画像に惹かれつつサミット記念の切手購ふ

ヒロシマの平和記念の資料館へオバマ氏の苞「折り鶴」四羽

被爆者を抱き寄せ給ふオバマ氏の広島のさま胸深く沁む

神作師のご指導なるはけふ迄と御子息宣るを寂しみて聴く

つばらかに師の労病《いたつき》を宣り賜ふ御子息の醸す深き父子愛

神作師の創作指導忘れまじ具体と具象・臨場感を

十年《ととせ》余の短歌のご講義果つるともみ教へは識《しる》す永久の心に

九十度《くじふど》に御辞儀召さるる師を仰ぐ神無月なる了《しま》ひの歌会

ときをりは薄墨色の陰うつす巽《たつみ》の空に仰ぐ名月

公開の乾《いぬゐ》通りは春本番そちこちたわわに桜咲き満つ

丈高く伸びて枝垂るる多《さは》の糸柳の萌黄み空を透かす

さくらばな垂枝の撓《しな》ひたまゆらに道灌濠の水面に揺るる

高き塀続く傾りに咲きほこる黄金色なすひと重山吹

汝の父病めるもなかの朗報ぞ孫の告げ来つ医師国家試験

父の病む折の受験ぞ如何許り勤《いそ》しみたるか孫をしたたふ

寄贈さるる『伊勢物語』千点は後世に継ぐ芦澤氏の功

小二の子北海道にて救出のニュースたちまち世界を巡る

梅雨空のもとに清しくこの年も夫の丹精白百合五つ

再発の兆しか夫の食細り腹部膨らむ水無月夕べ

入院を拒める夫を説得し娘らも駆け付け手続きをなす

八日間を点滴のみの栄養に耐へてけふより粥啜る夫

二十日間入院したる夫にして「我が家は良し」と繰り返し言ふ

再入院夫に朝刊持ち行くに手に取る気力失するか今日も

ふにやふにやのペースト粥にお菜をば匙に掬ひて命継ぐ夫

いくばくの命か切なき時の間を夫に添ひゐる外《と》は五月晴れ

右の手に長《をさ》の娘よりの紅き杖しかと握りて熟睡《うまい》なす夫

置時計視つめて吾を待つ夫か昼に夕べに通ふ病室

夕食の膳の水をも「とろみ」にて真水欲しきと乞ふ夫に泣く

点滴もはづされ薬も飲めずしてひたすら自力の呼吸に生くる

看護師の「危ふし」の報に駆け付けつ五月二十四日午前の一時

四月《よつき》余の入院闘病生活に耐へて皐月に命終《めい》へし夫

あれほどに帰りたがりし我が家に死にてぞ帰る夫に寄り添ふ

「ただいま」と夫よ帰りて黄泉のさま聴かせて欲しき夏の夕ぐれ

朝な夕な六時にお茶と水そなへ御霊《みたま》に祈願と礼の言の葉

新型のコロナウイルス恐れつつ「不要不急」を守りゐる夏

戦後より七十五年の追悼式テレビと共に黙禱ささぐ

大芝 貫
Kan Oshiba

言の葉の神に誘われて

私の短歌は平成七年五月学友誌「焚火」に「狭山丘陵折々の歌」の掲載に始まります。

その後、平成九年の秋、先輩、町方先生からお誘いがあり「ナイル」に入会、歌の道を歩む事となりました。平成十二年「焚火」通巻二十号に「高麗の郷に魅せられて」を掲載し、文筆に携わる機会が無かった私が、歌の世界に導かれた事は「言の葉のお誘い」と思われてなりません。

一般に、歌人は、自然や社会に峙して、己の感興を韻律により表現し、歌道程の区切りとして、歌集・歌論を刊行し、歌壇に問い掛けます。私の第一の区切りは、平成十四年七月第一歌集『歌の泉』の出版。

第二の区切りは、平成十八年十二月、郷里山梨の熱那神社に、歌碑を建立、歌の一里塚と致した事です。

碑には、懐郷と愛しみの念を籠め

代を継ぎて　熱那の杜に　松風の
立ちて穏しき　逸見の里色

昭和９年、山梨県生れ。所属結社「星雲」。日本短歌雑誌連盟理事。「じゆうにんのかい」「昭和９年生れの歌人の会」各運営委員。日本歌人クラブ会員。歌集『歌の泉』『旅のなかばに』他。

筵幡たて争ひし荒幡は明治となりて里人和せり

里人は和睦の証《あかし》に丘陵の尾根に土盛り富士を築きぬ

一畚《ひともつこ》担ぎて延ぶる万余人富士の高さは三丈を越ゆ

築き揚ぐ富士のふところ建つ社村々の地租あはせて祀る

里人は地租を率する神々に咲耶の姫と猿田彦祀る

合祀せる地租に天祖を頂きて名付く社は浅間神社

初日待つ空静まれる一刻《ひととき》は荒幡の富士茜に染まる

荒幡の富士に登れば関八州　榛名・筑波の山見晴るかす

荒幡の富士の姿は麗しく桂月讃へ碑建てり

北条を攻むる新田は小手指に戦勝祈願に白旗うづむ

小手指の白旗塚に雪の舞ふ祠に刻みし文字はかすめる

山口の平城落ちて一族の沈める池畔の祠に雪降る

城跡の土塁・樅の木　開発のブルに倒さる　霊《みたま》いづこに

里山の小径たどれば木隠れに一丈《ひとたけ》の社潜みて建てり

谷間《たにあひ》の窮民集ひ地祖祀りひたすら祈りし仙元の社

裏山に余命・銀命の泉湧き木の間過ぎゆく雪雲映す

里人は旧正月に道の角　幣束《へいそく》たてて地祖を招くと

初午の稲荷の社お焚きあげ煙のぼりて里は春待つ

二つ神　黄泉比良坂に鬩ぎあふも億余の民は彌栄《いやさか》に居り

汐見坂・貝塚を背に古代《いにしよ》の民は初日に幸《さち》をば祈る

時の利はすでに無かると悟れども勇《いさみ》・歳三　笹子坂守る

本郷の菊坂わきの石疊　ロマン抱きて一葉煌めく

銃口を軍靴が雪を踏みにじる三宅の坂の混迷の朝

山王の暗やみ坂を登り詰む大正ロマンの靴音ひびく

道玄の坂に篝火《かがりび》レストラン令和の賊はスーツまとひて
闇鍋をつつきて帰る蛙坂　後は蛇の道振り返らず
極月の秩父夜祭団子坂　登る山車《だんじり》　鯨波をあぐる
アンデスの山の頂　神おはす馬鈴薯《かて》を取り入れ祈りを捧ぐ
ジプシーの旅のループの赤い靴カスタネットに神の音《ね》宿る
ヨーデルの流るる空は雪明り仮面の祭に女神微笑む
雛罌粟《コクリコ》の赤いフリルの花弁は丘に遊べる女神のショール
コーランの祈り捧ぐる丘の上をさな児の靴と金魚の夢と

牛伏せる山見えずとも灯をともし瞽女は河原に往きし霊《たま》呼ぶ

白神の雪解け水はぶなの葉に登りて五月の空を潤す

上高地　雪の残れる岩膚に開山祭のフォルンの響く

夜を徹しつづら折れ坂登りつむ山のいただき来光拝す

伊邪那岐の命追ひ手に野ぶだうを投げ棄て与へ黄泉より還る

橘《たぢま》毛利《もり》香る木の実を常世より採り帰り来て御陵に捧ぐ

春おそく霙にうたるも梅の実の枝に残りし翠色うれし

浅き春石垣いちごの危さか赤き思ひの胸に滲むは

裏山に茱萸の実るも未だ青し赤き鳥来て日和を問へり
トロピカル熟れし果実はウィンドに南の島をおもひて憂ふ
球形の迷路の襞を辿れどもメロンに潜む迷解きがたし
囚はれし明日なき命の身なれども柿の実おもひて落葉に峠す
深む秋　山の葡萄は暮色に冬の支度のけものを誘ふ
混沌の宇宙《そら》御中主おはせしも宇宙造られし神はいづこに
望む空　望まざる空重なりてゼブラ模様の天蓋揺るる
砂嵐ラクダの空はまぼろしかオアシスの影　逃げ水に消ゆる

冬の海凪たる空は温もりて落差のはざまに蜃気楼浮ぶ

エピソード記憶の回路は不連続ループの空に海馬は眠る

渇望を画ける街に雨降れど五感滅びて彷徨《さまよ》ふレモン

王子さま夜空の彼方の我が星に戻りて刺あるバラを育む

川越の氷川神社の裏手には江戸より引かる新河岸の桟橋《はし》

江戸よりの距離と名代のいもを掛け九里四里甘い十三里の道

江戸城の書院移せし化粧の間　春日の局の立居を想ふ

境内の五百羅漢は半化佛　悩める我に似たるはいづこ

岡 貴子
Takako Oka

言霊《ことだま》の声

私事で恐縮だが、今の自分にとって最も大切なことは、二つの死を短歌として昇華させることだ。つまり母の死と夫の死。特に後者は記憶が新しい。夫は三年前の二月十日、癌で他界。七十七歳だった。私達には子供はいない。私は独りっきりになり、孤独感にも苛まれている。日本最古の歌集『万葉集』の挽歌に寄り添いながら、自分なりの挽歌が詠めたらと、いろいろ努力しているところだ。

ところで、わが国には〈言霊〉という言葉がある。心惹かれる。今年は雨が多い。私の心の琴線に触れながら降る雨は、言霊のように「二人の死を受け入れて、独りぼっちに早く慣れなさい。」と囁く。二人の死を通して命について学び、それを精神の成熟の補助線にしなさいと助言しているのかもしれない。

言霊の声に従って、私は哀しみと孤独の壁に風穴をあけて、次のステップに踏み出さなければならないのだろう。私を励ましてくれる言霊にそっと頭を下げている。

本名・大野玲子。昭和 20 年、徳島県生れ。所属結社「まひる野」「福岡県ゆかり歌人の会」。平成 23 年までに歌集 3 冊刊行。第 3 歌集『星の卵』が日本自費出版文化賞入選。現代歌人協会、日本歌人クラブ、日本短歌協会の会員・理事。

みみず追い蛇のもぐれりいのち食みいのちはぐくむ地の闇ぬくし

青大将、みみず、鰻ら言いつのる　まっ直ぐよりもくねくね生きん

うんざりとテレビアンテナ高く伸ぶこの憂き世からおさらばせんよ

ひさびさに逢いたるみみず八月の泥の湿りをわが手へ運ぶ

朝市に並びて買える一丁よ「豆富」の文字にひとみ安らぐ

知らぬ間にわが影法師従えり小路に太く「一方通行」

無口癖ふとさびしてく話し出す口下手なりていよよさびしく

きらきらと白髪を映す姫鏡台老いの坂ゆくこの身励ます

菊月に生《あ》れし縁《えにし》か道の辺の野菊いとしむ　ひとりぼっちは

仙人掌のごとくに棘を増やすわれ裡なる水を守らんとして

羽根のなきわが身重たし紙飛行機折りて夜明けの空へ放てり

わがうえに広ごる闇を砕きつつ仕掛け花火はたかだかと咲く

うしないしふるさとの景重ねゆく走りの雨に揺るる水張田

聴診器きこえぬ響きさがしおり聴きたくなきが増ゆるこの春

ヒトよりもやるせなき顔きょうひと日伝言のなき留守番電話

背《せ》曲《な》げて今宵も綴る私小説ふたりの時間わずかとなりて

「土竜」とう文字誇りいん練馬の地力のかぎり掘りゆくいのち

冬ざれの部屋を舞い飛ぶ猩猩蠅わがかげろうのほどに遊ばす

若竹は青空めざす　ふしごとに新しき闇吸いこみながら

腰かけて温めており亡き夫の身代わりならん夜のブランコ

独り家の留守番たくす銀のキーあなたにたのむ手つきで摩り

真昼間に塩みずそなう夏の海呼び寄せたきよ夫の写真へ

独りごと言いつつ歩むひとり者わたくしもそう町の片すみ

闇裂きてひとすじ奔る流れ星亡夫《つま》のささやく言の葉ならん

わが一生《ひとよ》川に寄り添う吉野川、宇美川、白子川、三途の川……

日照り雨にしっとり咲けり遠き日に夫の描きしひまわりの花

独りの夜あなたしのびて触れている木の椅子の背や脚の丸みを

彼岸からの手紙のごとき天の河文を返さな　綿々つづる

しずしずと闇を濾過する月明かりはるけきものへわが夢あずく

買いたての筆を思わす積乱雲空いっぱいに寂の字書けり

ぐったりと亀の子たわし潰れたりいたわりながら風呂に泳がす

菜の花のつばさに乗りて亡きひとら帰りきたれりこの窓あかり

身も心もかたむきやすしいつ知らず地軸の傾ぎ重なるならん

カーテンの間《あい》より差して生《あ》れたての朝の光はわれに満ちくる

悟られずからの元気をふり撒けどさびしさつのるひとりのランチ

湯豆腐をひとりっきりで食む夕餉わが独り言も温めながら

いそいそと湯船にのりて旅に出ん窓よりさそう上弦の月

朝なさな塩みず飲めりたまゆらを海よぶごとく波音たてて

高映ゆる飛行機雲のひとすじがわが曇天を貫きゆけり

おやみなく焦土に烈風吹きつくる敗戦の秋生まれけるわれ

あなたとの時間をこぼす　履きつぶす二人の靴が夏陽あびつつ

だれが敵どなたが味方通り雨浴びつつわれにひとり言増ゆ

うつし世のうつくしき嘘どの星も燦めきているプラネタリウム

ふたりして好物なりし新玉葱にが味のあとをほのかに甘く

手すさびに辞世の歌を詠みているもうひとかたの我へ遺さん

息づく身愛しみており黒猫のやわらかき軀に温もりながら

雑草と呼ばるることを誇りたりのび放題の背高泡立草

亡きひとが照れつつ逢いに来てくれん逢魔が時を吹く風やわら

逝きし身の代わりなりたる古ベンチ今宵も坐るふかぶか坐る

冬去りて部屋に入りくる紋白蝶あたらしき主《ぬし》踊りがうまし

今年竹ぐいぐいと伸ぶまっさきに春の光をうけとりながら

ふうわりとその懐《ふところ》に抱かれたし「山眠る」とう響きのやさし

武蔵野の春の七草根ごと食み身にひろごれる泥のうるおい

いつ知らず泣き虫になる砂時計したたりやまぬわれの泪《なみだ》か

ひよどりに実を啄ませピラカンサひと粒ごとに身軽くなるや

ひとりなるわれに短歌は家族《うから》なり　そうだそうだと春一番も

岡本育与
Ikuyo Okamoto

紆余曲折の果てに

私は、高校へ入ると直ぐ父を失い、母は病弱であった。奨学金を貰い卒業したが、直ぐ就職しようと決めていた。それで、入試のための勉強もせず読書にふけっていた。そんな時、川端康成先生にお会いし、文章を書こうと思った。そして、文章を書いた。しかし、息の短い私にはついていけず、自然に詩に移っていった。当時住んでいた豊橋市の公報に詩の応募があり、投稿した。一位になった。その後、市の読書会に誘われた。

私は、高校の先生の勧めで大学へ入学。読書会で歌人リカ・キヨシ氏を知った。豊橋で結成された歌誌「楡」に入った。時は過ぎ、私は、結婚し子供を持ち忙しさに追われ、短歌から離れた。そして、転居。仕事と家庭との往復だけの寂しい生活。そんな時「醍醐」に誘われ入社。私の短歌の出発はここからであった。短歌の道へ入るまでの紆余曲折による苦しい体験が、今の強さを作ってくれているのか、夫亡き後も私なりに頑張っている。

昭和15年、愛知県生れ。所属結社「醍醐」。現代歌人協会会員。日本歌人クラブ東海ブロック幹事。同会優良歌集賞受賞。中日歌人会参与。同会功労賞受賞。国際タンカ協会会員。

降るたびに大洪水となる列島　仮想空間に浮くは方舟

昨日《さくじつ》の穏しき川が荒れ狂う地球の破滅が近づくように

大井川天竜川の橋桁に触れつつ流るる濁流を見る

警報が出ているだろう沿線の河川を見つつ東京に着く

ハチャメチャな日本列島どこへいく地震洪水コロナに政治

山治め水を治めしその長《おさ》がその地の覇者となるを想えり

一週間水に浸かりし田の米の発芽に農は黙して佇てり

三陸の海の海鳴り聞こえ来る　津波に消えし友の呼ぶ声

福島の惨事を風化させるなと救国吉田の声が聞こえる
日本がチェルノブイリになりしとう十年前が昨日の如し
我が歴史繰ればそのまま戦争に辿りて遥けき広島に着く
遠くまで離れし軸を戻しくれば熱帯化なる新たな国土
きのう今日ゲリラ豪雨に戸惑うも名古屋の空は太陽ギラギラ
鉄板を渡る想いで過《よぎ》る街路《みち》四十度の熱に焦げる足裏《あなうら》
巨大ビルの吐き出す熱と照り返し名古屋の街は灼熱地獄
騒がれしゲリラ豪雨もどこへやら庭の草木はセピアの草原

生温《なまぬる》い夕べの風を受けながら散水するも正に焼け石

台風もビルの谷間を埋め尽くす蟬も鳴かない真夏の静寂

ゲリラ豪雨台風洪水大地震そして心に残るは噴火

何回も夫と登りし御嶽山　形を変えて噴煙のぼる

プレートの上に位置する列島の自明の定めか火山と地震は

忖度に嘘に誤魔化し通る国　福沢諭吉リンカーン想う

目覚むれば新型コロナのパンデミック豪雨と共に猛威を振るう

水害やコロナで逝く人数多なり神仏無きと思うこの頃

目に見えぬコロナと闘う街の空　スーパームーンが皓皓と輝る

この惑星《ほし》で我が物顔にふるまえる人間めがけて刃向《はむか》うコロナか

都市封鎖起こるを恐れ離《さ》かる人　コロナ疎開か　戦時下思う

TVは朝から晩までコロナなり籠れば蝶舞う花野も知らず

春彼岸墓所おとなえば青い空　〈三密〉の無き春が広がる

花見にも旅にも行けず人々は命を守りコロナと対峙す

鯉のぼり皐月の空に泳ぎおり　窓より見ゆる季節《とき》の移ろい

三密のステイホームか経済かコロナに付かれて既に半年

終息の気配の見えぬ列島に go to travel キャンペーン開く

ぐんぐんと伸びゆく日々の棒グラフ医療現場の苦悩と騒めき

欲しい時アベノマスクは届かないダメノマスクとなりて候

旅したいと思うが怖い感染率テレビ見つめてじっと堪え過ぐ

今日もまた真っ赤に染まる世界地図ぐんぐん伸びる棒線グラフ

もうすぐか既に起こっているような　医療崩壊の噂広がる

stay home に go to travel キャンペーン どちらを向くべき　あべこべ政策

東京や高齢者外しのキャンペーンに一兆七〇〇〇億円は税金《ぜい》

感染者の増加を見つつキャンペーン前倒しして二転三転

国境無きコロナは人間《ひと》と大手振り思うがままに地球を巡る

遺伝子の配列替えて幾つものエピセンター化するコロナの怖さ

クラスター　ロックダウン　マンパワー　パンデミック　ここは外国

初夏なのに熱帯夜のごと蒸す夕べ先のわからぬ言葉渦巻く

何処からかウイズコロナという言葉出できてホッと深呼吸する

長々と梅雨前線停滞し豪雨洪水その果て地震

居座りし梅雨前線指しながら線上降水帯と天気予報士《よほうし》のたまう

雨を避けコロナを避けて時のみが無為に流るる日本列島

この惑星《ほし》に次に繁栄するものはきっとウイルス　人間は消ゆ

現代人の生きいし時代はビニル層　考古学者の夢を楽しむ

宇宙人は地球人見て嗤うだろ墓穴を掘りし愚かな動物と

終焉に近きわが道迷いつつ逝きしあなたへ手をさしのべる

今更に自分探しの旅ならず美《は》しき大地に我が影は佇つ

青い空緑の森と渡る風　美《は》しき地球を記憶に留めん

空駆けるギリシャ神話の歌詠めば夢とロマンの今宵楽しき

沖　ななも
Nanamo Oki

時代と短歌

　歌にする場面といえば自分のこと、今の自分や周りを取り巻く環境、そんなふうに感じて来た。

　今年に入ってとんでもない事態が起きた、新型コロナの発生である。生活が一変した。もちろん未知なるものへの恐怖が強かったし、今後も新しいウイルスが発生することがあるらしいと知らされて、人類や地球や環境を考えるきっかけになった。

　また日常生活では人との接点、社会との接点が極端に減った。自宅にいて、やることもけっこうあって、不自由でもなかった。テレワークなども進んだが、しかし人との関わりが実は人間の精神にとって大事だとも感じた。

　人と接することなくそれでいて近しい関係を築く。オンラインで仲間と繋がっているから寂しくないという若者も多いが、体温の感じられない空間が、どのような作用をもたらすのか。今年は、将来の社会を考えるターニングポイントになったのではないだろうか。

昭和 20 年茨城県生れ。本名・中村眞里子。「個性」入会、加藤克巳に師事。終刊後「熾」創刊、代表となる。歌集『衣裳哲学』により現代歌人協会賞受賞。歌集『白湯』『日和』他。

濾過性病原体

生物か否かと問えばあざわらうコロナウイルスは測りがたしも
生物でないならおまえ何のために存在するのか寄生までして
生物の輪郭もなくとめどなく不透明なる姿《かげ》のあやしさ
細胞も無いのかおまえ　幾日か不敵な面《つら》をみせもしないで
「人間は蛋白質でできている」蛋白質でできているウイルス
自らには増殖できぬ病原体というではないか　とは言うものの
気温また湿度に左右されるのか新型と呼ぶ存在物は
ウイルスは変幻自在　暗黒期までも備えて目くらますという

「宿主」はしゅくしゅと読めりウイルスに宿を貸すのは人間ばかりか

宿主を探さんとする執念と生存意欲のこのエネルギー

ひっそりと宿主にひそみ貯えしエネルギーもて次をもくろむ

一人から三人四人クラスター作りて嘯く濾過性病原体

ヤドヌシの顔色を見る病原体若き人にはしりごみするか

高齢者弱者とみれば牙を向く卑劣なるかな新型ウイルス

ウイルスを宿しても自らは知らぬという静かなるべし無自覚感染者

紙に一日プラスチックに三日居るしぶとくも居る飛沫のなかに

ドアノブのあたりに住まいいるという小さき小《ち》さき新型のテロ

一束にまとめられてはかなわぬと新型として個性を誇示す

徐々にだが形変えゆき武漢型、欧州アメリカ型、東京埼玉型

生物かどうかもわからぬ彼奴《きやつ》めと命のやりとりするも理不尽

十秒で予測をするという体温計予測の精度はいかほどならん

半年は誰にも会わず春の草夏の木すぎて実を結ぶ季

宇宙へも行こうというに人類はミクロ相手に悪戦苦闘す

人間はコロナのもとで平等なりホームレスも首相も王妃も

とは言えど治療は平等とはいかず国家首脳と老人黒人

いずれ死ぬと思いてはいるがコロナでは死にたくないと友も吾《あ》も言う

人に会う不安と人に会わぬ不安持ちつつ三月《みつき》　諦め三月

ときおりは声を出さんと受話器持つちぢこまっている喉を通して

不要不急の外出避けてさてもさても不要不急のことばかりなる

歌会は不要不急のことなるか今月開かれず来月もまた

誰もかれも隣の人を疑えり無言のヒカリを宿しいるかと

花柄マスク　ポケモンマスク　絹マスク　少しの余裕が生みたるおしゃれ

「完全にはウイルスを防ぐものではありません」予防線張るマスク業者は

十薬も狗尾草も犬も猫も泰然と生きているではないか

木にも劣るわがうろたえの端々の「新型」「急変」「高齢」「重症」

避けて避けて逃げて逃げても追ってくる二百、三百、四百、千人

二メーター離れてしまっては伝わらぬ吐息溜息熱き血潮も

どうしても要あるものにはあらざれど歌会マッサージ美容院に行く

独り言言う人の側を通りたり一人ひとりに切り離されて

左から来る人も右から来る人もあの「カオナシ」はほんとうに居る

「以心伝心」死語とはなるや距離へだて顔半分を覆い隠して

「耳元でささやく」なんてもってのほか内緒話もしにくくなりぬ

ひがな一日《ひとひ》誰とも会わず話せずそれでも時はなめらかに過ぐ

これやこの一億総ひきもこり半年か一年か知らずいまだ籠りぬ

外出をするな町へ出かけるな何におびゆるわれらかここに

黴菌を見るような視線にさらされる感染したるおとこおみなは

感染をしたとわかれば石をもて追わるるごとし近代日本

ウイルスを厭うはしかり感染者は護らるるべし快癒待つべし

政権は末期状況誰もかれも制御できないこの体《てい》たらく

無策とはこういうことか一国の総理が匙を投げてしまった

はやばやと降りてしまった船頭のあと追うこともなく国民は

船頭のおらぬ笹舟　日の国の漂う姿を見るほかはなく

国とは何か権力とは何か力とはパーティーに人を集めることか

二百、いや三百五百　数字ばかり画面に並ぶを茶の間にて見つ

夜の街　職場　家庭　母と子にじょじょに迫りくるひたひたひたと

棒グラフは天井めざす　はてさて　どこまで上がるか絶壁をなす

尾﨑友子
Tomoko Ozaki

日記擬きで同好会

書くことが好きだった。何でも書いた。短歌は中学生になってから始めた。三十一文字になれば短歌だと思っていた節がある。誰かに読んで欲しくなり投稿することを覚えた。時々は褒めて貰えたりするので図に乗り、投稿は数年続いた。

半世紀以上も三十一文字と付き合って来て自選の一首を持っていない。いつかはと願い厭きもせずに今も作っている。結社に入ったことも師事したこともあったが「桜狩」解散後はどこにも所属はしていない。いつの頃からか、自分の短歌は日記擬きでいいと思うようになり平明なものを心がけている。日記代りなら自分にも作れるかもと友人三人で町内に同好会を立ち上げて十年、いつの間にか仲間が増えて『アンソロジー蒼樹』を二冊上梓出来た。井戸端会議のような歌会は日記擬きのうただから続いているのだと思う。衒いなく心の解放が出来る場で良かった。ささやかな囂しき歌人が十一人。

昭和 27 年、秋田県生れ。所属結社「蒼樹」。「桜狩」解散後、町内短歌同好会「蒼樹」。『さくらなないろ』『アンソロジー蒼樹Ⅰ、Ⅱ』上梓。

故郷へと心が傾ぐ昏れ刻の春の小雨はすこし重たい

少しずつ遠くなりゆく故郷よ　欲しい子いない花いちもんめ

「達者だが、おらも変わらね息災だ」百歳間近の伯母のひと声

どこまでも同じ空気にあそんでる正体持たぬかげふみの影

たんぽぽのサロンでお茶をと言ったまま旅に出ちゃった菅輝江さん

八十歳《やそとし》に生命の選択せまられて声を失う勇気愛《かな》しむ

奥の間に十薬のはなふたつみつ座敷童子のままごとの跡

舐めるよに地面啄む雀の子「雪催いだよ」ばあちゃん物知り

妙薬は振り向かぬこと置き去りの荷物なんかは取りに戻るな
引き際は毅然であれと言い聞かすあなたはあなた其丈のこと
言葉って人貶める武器なんだ念には念を素知らぬ体に
言霊にも奈落のあると知りてよりどっかり胡坐　ケ・セラ・セラだわ
晩夏《おそなつ》の白茶けた午後を持て余す置いてきぼりを喰らったような
人気なき九月の浜に佇めば漂流物と化してしまうわ
そここに血を噴くように彼岸花この秋いくつの魂を欲るやら
底意なきとは思えぬ言葉ずっしりと　許容範囲を越えたらやるよ、、、

簡単に開き直ってしまいます作り笑いに卑屈を隠しつ
朝な朝なこの一日を生きるらし明日こそ覚めるなまんま夢なか
幾人の終を見届けその度に手招きされる夢に脅えた
上不見桜《うわみず》が花穂を天へと向けるのはこの界《よ》の外の魂に逢うため
弥生尽ほたりほたりと迷い雪見つからぬのか落ち着き処
四季折にことばを紡ぐ夢遊び同好の友またひとり逝く
八月は結界超えて行き来する踊りの輪には去年のあなたも
『吾亦紅』髭面おとこの口説き歌すこし哀れですこし温とい

夏猛る二〇〇七年七回忌カサブランカですあなたの好きな
百日紅の木肌をすべる晩夏光ひとりの友も持たず老いるか
ゲル状の手軽で便利なドレッシング今風になったわ今日の食卓
縁《えにし》とはなんとまあ淡い水菓子の表面装う葛のようだわ
空缶に雨粒あたる音なのに耳はノックと思いたがって
右と左で緘黙し合ったあの日から駅のロータリー苦手です　噫
モノクロームの夢に顚ち来る向日葵の迷路は決って行き止まりです
君が歩を小股に運ぶ哀しみに添うこと出来ず……夏の惜別

故郷は何も変わっていなかった魂迎えする墓地の景まで

石塊となりしが累累捨て置かれ墓苑の奥は閑かな奈落

山姥のなみだほたほた隠沼の水嵩を増す五月　わたし欝

死ぬことが一番楽だとわかったらその前にきみをやろうと憶う

昼と夜のあわいに佇てば……きみだろう両手に気配、急き立てないで

身の裡に変容続ける細胞を正と思うか負と感ずるか

吐く息が凍《しば》れる夜半を漂いぬ現の縛りを暫し解かれて

狂うほど夢中になれるものあれば死んだりなんかしないよ人は

これっきりこの道歩くことはない訣別するって決めたのだから
昼顔の花明かりする浜の辺を『砂の器』の父と子が行く
薫風に誘われましたか蜷川《にながわ》幸雄さん聖五月とはあなたのことかと
これ以上望むものなどないからにほうろほうろと今日から明日へ
観もしないスターウォーズ行きもせぬディズニーランドせめての自慢
「わたくしが咲くのは千年のちのこと」五時間並び伊藤若冲《じゃくちゅう》に遇う
歩を緩め風のすぎ道踏み入るは逢魔が時に紛れたき故
誰彼と人を選ぶは愚かなり六十路すぎればたれかれ愛し

有難う、ご免なさい、さようなら、ご免なさいを言えず老いたり

日の本の言葉は気高くやわらかく美しいので此処で生きるわ

真夜中に桜並木を通るまじ魂抜かれると祖母言いませり

友子さんですかと親しく声かける　笑顔の奥の虎視眈眈め、

置き手紙ひとつ残さず笑顔だけ七月四日三十六《みとむ》さん旅立つ

ひと頻り渦巻くように風乱る　岡井隆氏　九十二歳

ウィスキーと炭酸の比がこの口に合わないようで少しも酔えない

しんしんと唯しんしんしんしんと雪は降りただ深深と眠れ故郷

小田部瑠美子
Rumiko Otabe

短歌への道

中学生の頃、遊びの中に百人一首があり、意味も解らないまま諳んじ、父の謡を子守歌の様に聞き育った。大学では短歌のサークルに入らず、観世流謡曲部に入り、全日本学生能楽連盟主催の自演会では、染井能楽堂や矢来能楽堂で十八番の箙《えびら》や小督を舞わせて戴いた。勉強には余り力が入っていない青春時代だったか。卒業論文では『万葉集』を高崎正秀先生にご指導戴き、卒業後は教職につき、結婚、子育てをしつつ書道や水墨画と習い事に明け暮れ六十二歳で退職。短歌結社「ナイル」に入会、甲村秀雄先生のご指導を仰ぎ二十年になる。その間日本歌人クラブ会員。日本短歌協会にも入会、理事も勤めさせて戴いた。

先生のお薦めでカルチャースクールの講師を務め八年を経、九十八回の歌会を行ったばかりである。花鳥風月を愛でながら心の葛藤をつぶやきつつ、今を楽しみ歌を詠む。

自分史として振り返り、充実感を宝物として残りの人生を学び続けていきたく思う。

昭和 11 年、福井県生れ。所属結社「ナイル」。甲村秀雄に師事。日本歌人クラブ会員。日本短歌協会理事。歌集『思ひ出は遥かに』で第八回日本短歌協会賞受賞。短歌教室の講師。

凜りんと凍てつく空に紅《くれなゐ》の梅三分咲き春を言祝ぐ

人生の節目の年をまた越えむ新しき春　梅のくれなゐ

さきゆきを思ひ悩むも何や彼やされど椿は百花咲きつぐ

けふもまた怠惰に勝てず身の竦む孟浩然の春暁の詩《うた》

孤独さり又滲むごとひたりくる心のさまよひ蒼穹に吐く

見はるかす山の傾りは遠がすむ宝登山の臘梅　全山に満つ

春を待つ今を奏でし臘梅のふくらむ香りけふの日溜まり

芽の萌《きざ》し春は爛漫　彩をなし夕べに月は朧に霞む

早春の光掬ひてうらうらら呼び醒まさるる記憶　彩なす

一生とふ草木にあらず老い芽吹くいのちの足音　舵《かぢ》はわが手に

ふつふつと湧きくる来し方描きつも弥生の蒼に吸ひ込まれゆく

こぞ漬けし桜は白磁に退紅《あらぞめ》の記憶の花影ゆらぎてみせる

散策はけふは東かポケットに野の花尋ね歌をあれこれ

溜め込みし毒を菜花でデトックスほろ苦き春の花筐《はながたみ》あけ

明日ありと思ふが故に成すことの続かぬ我を笑みし白ばら

新しき元号は「令和」出典は万葉集とふおもひ分明《さや》かに

光のさす生の輪廻や草木萌え立山のぞむ家持の郷
宇宙なる天空に聳《そび》く立山や二上山に神さぶ見ゆる
久々に胸の踊るや遺蹟巡り万葉の魂　明かりまぶしき
八百万《やほよろづ》その神々のいたづらか厳しきまでにわれを迷はす
蒼穹のしづけき中に緑なす裡なる五月　令和の夜明け
二人娘の為にと生きし五十年　孫に曾孫に五月のあやめ
過去けぶり記憶移ろふ老いの身に逆らいてゐる揺れるブランコ
古歌に見ゆ八重の山吹ひと枝が生きし逸話か小雨に揺るる

静けさを一瞬きり裂く椋鳥《むく》の声　独り居の贅を奪ひて去りぬ

転々と孟母にならひ三遷すここ武蔵野は終の住み処か

年経るや暖めし夢は先細り見上ぐる空に白き月浮く

枝延ばすみやぎの萩は梅雨さなか秋の盛りを語り始める

赤紫蘇に梅の香りの土用干し三日三晩の空に星ふる

恋ふ心　失せしに非ず生きをりぬモネの「睡蓮」移ろひの光《かげ》

熱き燗その零れ出づ一盞《いっさん》に幸ひ満ちて今宵　満月

李白・杜甫・牧水語る夏の宵　一合ばかりに酔ひの行方は

詠みをれば心の歳時記いくめぐり見渡す彼方に不可能あらず

人生のダイバーシティ老いふたり千里眺むるレンズを磨く

宵よひにけふの献立　思ひつつ出汁《だし》のとり方　夕焼け小焼け

古き和歌のアンソロジーを繙きつ夜の静寂を一人　旅ゆく

紫と朱色ふくませけふの日を絵筆にたのむ夕茜雲

この空の彼方に光る星ぼしを心の詩に花ひらく宵

朧ろにも若き日しのび仰ぐ空　啄木のロマン秋は侘びしき

若竹の葉も反りかへる暑き日々　地球の異変に老いの踏ん張り

自らの流れに浮きつ沈みつつ片への夫と見る十三夜

たまきはる八十路半ばのこの命　遺伝子にすがり鷺草も舞ふ

院友会　集ひし朝《あした》の気はラ・ラ・ラ花の歳時記　繙くがごと

追憶は心の遊び儚なくも瑞々として老いをたすくる

歳月は理屈に非ずゆらりゆら星の瞬き早や日の昏れる

睡眠の負債が病の源《みなもと》と元気印に白ばらの笑み

顧みる明るき野辺の一面にコスモス色種《いろくさ》　空に薄月

夕焼けを映し見せゐる束の間の下枝のもみぢに晩秋の風

あえかなる風の通ひ路晩秋の茜に老いの心もそまる

歳月の重みはずしりと肩にふるされど為すこと浮草のごと

思ひつくままにひと日を過ごしつつ数多の過去を日溜りに置く

辿り来し生きゐる歓び酔ひつつも彼岸の過《よ》ぎる齢となりぬ

人間の叡智の限りを尽くせども新型コロナに勝てぬ憐れさ

人生の避けて通れぬ途なれば素直に背負ひ生き方改革

ヴィヴァルディの「四季」を聞きつつ庭眺め小春日和の珈琲タイム

早や師走　ジャネーの法則そのままに庭の歳時記また移りゆく

河原敏子
Toshiko Kawahara

短歌との出会い

短歌との出会い。きっかけは関心があってのことではなく、同僚が歌会に欠席した問いあわせが大野とくよ師からあり、それを受けたのが私であった。その際、大野氏より結社「新宴」への入会を勧められた。数年後、「じゅうにん」への入会も許された。暗中模索、唯、参加しているだけ。大野氏は文学への見識を高める学習会を定期的に開かれた。

たぶん、歌人篠弘氏、俳人齋藤愼爾氏、歌人阿部幸男氏、詩人西岡光秋氏、歌人酒井佐忠氏、写真家西田成夫氏等からもご指導を得たと思う。

また、高輪台のホテルで、その年に会員が刊行した多様な分野の本の紹介と一冊ごとの書評を伴う会が開催された。

さて、作歌、ビジョンを持てず今も尚「記録」の域を出ず。ところが今、沸き上がる思いがある。数多への感謝。直接は難しいが三十一文字に万感の気持ちを託せる努力をと。

昭和 12 年、京都府生れ。所属結社「新宴」「じゅうにん」。東京都公立中学校教諭。停年退職後Ｓ区教育相談員。東京家政大学、東京家政大学短期大学部非常勤講師。Ｓ市社会教育委員。

幼き日だるまストーブに弁当箱　昼餉は母の温もりも食む

洗濯物干しつつ母を偲びおり　洗濯板と八人家族

ままごとにも「しつけ」の景色多々ありてほめたり叱ったり抱きしめる母

ままごとの役割演技意識なく家族のぬくもり醸し出されて

食卓に孫の折りたる鶴八羽　正月の膳に幸はこぶごと

内祝い赤飯賜り重箱は洗わず返せ「幸」流すなと

店先に新たまねぎや新キャベツ　春の香りに予定外を買う

傘寿過ぎ日本の四季にゆだねる日　ことさら和煦にかり寝さそわれ

弥生なれど未だ冷え込む河川敷　青き住まいの点々と見ゆ

そうなんだ「目線」ってことば辞書ひけば業界用語と説明のあり

縁側にすだれおろして背戸を開け座敷に昼寝のふるさとの夏

まわったよ地球がまわった紫陽花の花にやっと　今　陽のさしはじむ

ひまわりのもう咲き終えたか花首にとまる小雀　種つついてる

ひとすじに頂きまでのもえぎいろ　猛々しい竹は山を侵蝕す

あちこちに鉄線めぐらす山里に「ゆう月」と掲げし料亭のあり

ドミソ　ドファラ　シレソなる和音あぶなっかし　されど幼は得意気にチョウチョを

猿橋に焼きたてパンを求めれば「昼　まだなのね」と店のおばあちゃん

藍染めに流水模様のわが浴衣　母誂えしが未だ新品

家族四人和弓に魅せられ手づくりの垜の的射るおごそかな一瞬

百十歳　三人の孫育くみし　それぞれの名を指文字で偲ぶ

御櫃から飯籠になった食卓に取れたてキュウリ　なすの「どぼ漬け」

黒は魔よけ追羽根失敗ゲラゲラと笑われ墨で頬っぺにバッテンを

知事告げるコロナ感染拡大に本庁表示は揺るぎを見せず

額縁の枠に途切れる細き道あの先は何があるのだろうか

得意技なにも持たずにボランティア　スタッフの支えに楽しき二年
囲碁将棋　詩吟や手芸庭の草木　心のおもむく今日の居場所へ
スタッフらのそれぞれ持ちたる得意技　加えて真心おしゃべりクラブ
碁石碁盤かかえて笑顔玄関に強豪いないか呼びかけの声
大阪のスケッチブック抱え来往年の女優を描けば求める媼
行き届いた広き庭の木々に豊かさを　四季に熟する実　鳥よりはやく
閉所後のスタッフの語らい安心と安全課題　如何に生きるか
平和とは「豊かさありて」辛きと豊かさ老巧と語り合う

スタッフ五人　代替休日利用者は　翁十人媼六人

おしゃべりに草木の効用「たらの芽」や　根菜さまざま調理法など

陰うすき「銘仙」や「もみ」「紅花染め」ら話の種に事欠かぬ集い

ショートステイの一泊、二泊の体験や費用を明るく情報交換も

ひとりぼっち味気ない食事ここに来て　覚えし楽しさ「弁当つくり」と

お茶コーヒーや紅茶ウーロン白湯もあり　お薄のみどりに三日月が揺れてる

さりげなく生い立ち語りひとりでに自己を知り行く「おしゃべりクラブ」

肩書きをおろして存分集中力　好きを生きます翁と媼

十五歳と百五歳が手をつなぎデイケアよりを　手をふり出迎え

百五歳いのちたぎらせ懸命に生きこし曽祖母を「萌香」スピーチ大会に

補聴器つけ孫、ひ孫らと電話の姑　認知症予防自らの努力

「気をつけて」両手包みし後背押す姑　松葉杖なる吾に一か月余

百人一首夫読み上げる上の句に　姑は諳んじ下の句詠ずる

逢うたびに姑くりかえすことばあり「望むことなし　義朗を頼む」（夫）

今に思う姑の体力萎えし頃その切なさに気づかざりし吾

日和良し菩提寺の庭なる寒桜　子、孫、ひ孫と笑いあう姑

ベランダ越し手の届くほどの樹の股に小枝銜えて鳩の巣づくり

にわか雨卵温める鳩の巣に傘差しかけたし　気になる終日

朝九時半決めたるように番の鳩互いに交代し卵抱く

激しき雨卵温める親鳩は身じろぎもせず台風凌ぐ

音たてず啼き声もなく動きもせず卵抱く鳩　カラスの鳴き声

親鳩が羽音たて飛ぶ　白き綿毛がこんもり見える

瞬時して羽色異なる親鳩の落ち着かぬ態　啐啄同時か

十六号豪雨伴う台風に交代の鳩　姿を見せず

菊池哲也
Tetsuya Kikuchi

生徒と短歌

私は、高等学校で国語を教えるかたわら生徒に短歌を詠ませている。

高校生は、五七五七七というリズムにのせて一所懸命言葉を並べている。中には挑戦する意識の高い生徒もいて、レトリックを用いたり、オノマトペを使ったりして若者らしい作品を作り上げてくる。

私は、できるかぎりどの生徒の作品（歌）にも評を書くようにしている。今の若者はほめられることに飢えていると思う。周囲の人と比べられて尻をたたかれ、ある程度の結果を出すとその上を目指すようにまた尻をたたかれる。常に自分を下の立場に置くように大人がしむけているような気もする。

そういうわけで、私はどんどん生徒の短歌をほめる。まずほめて、それから次の指導に入るようにしている。

自信を持つことを最高の武器にして、彼ら彼女らが何十年の後に有名歌人になることを夢みているのである。

昭和 32 年、岩手県生れ。所属結社「熾」。24 歳で短歌をはじめ、今年で 40 年になります。現在岩手県立北上翔南高等学校で国語科の教師をしています。

甘口と辛口の間をゆつくりと君の言葉が行き来してゐる

月のごと我のまはりを回りつつ近づきて来《こ》ぬ君の悔しさ

断捨離のしにくきものの一つにて我につき来る影一つあり

氷点はここをすみかとなすごとく裡にこもりて我を脅しぬ

我が裡にあふれてやまぬこの想ひ具象となるを恐るる夕暮れ

入相の鐘鳴り渡り人々の影の退きゆく古都の静けさ

平成が舞台の袖に引き上ぐる悔ひをいくつか引きずりながら

「後ろ髪ひかれる」と話す男性のスキンヘッドがまぶしすぎます

悔恨と断念が裡で手を結び我の未来に霞かけゆく

短歌には無き行間を欲しがりて三十一文字に嫌はれてゐる

茶のかをり漂ふ部屋で歌を詠むコーヒーなどでは詠めざる歌を

雨の音が程よく距離を保ちつつ我を眠りに導きてゆく

削られし言葉が夢に現はれて盛んに居場所を請求して来ぬ

我が裡の晴れがこぞりて旅に出で曇霞の今朝の悲しさ

向かひ家に夫婦げんかの声がして雀が少し緊張してゐる

福島米を買はむとすれば背後より微妙な視線が我を襲ひぬ

節分で豆を受けたる鬼たちが美女に化けさうななま暖かき夜

強面のガードマン一人通り過ぎグリーン車の中がかたまりてゐる

雪たちは白きクレヨン手にしつつシラケし街を冬にしてゆく

はやぶさ号にさんざん雪をかけられてやまびこ号がやつと発車す

生ぬるき風がもたらすけだるさがのんびり脳内通過してゆく

銀河鉄道待ちて夜空を眺むれば流れ星一つ通過しゆけり

身体中の切なさが今集まりて君乗る電車の発車を見てゐる

インフルエンザは学校中を駆け巡り今にも征服しやうとしてゐる

山山の全てを隠ししんしんと師走の雪は急がずに舞ふ

蟷螂の斧にぞせむと只管らに内なる鎌を磨ひてゐます

東京の君から届きしメールには都会の匂ひが甘くただよふ

台風とタイマンはるがにサーファーは波を選びて楽しみてをり

たそがれの高速道をひた走る今日といふ日を徐徐に消しつつ

人真似の上手き人形喋らせて己の醜き言の葉を聞く

やうやくに橋渡り終へ振り向けば暗くて厳しき過去が見えをり

この橋のむかうに幸福ありさうで心だけ先に渡つてゐます

退屈な一日が寂しく過ぎてゆく橋を渡れぬ我を残して

振り向きて対話をせよといふやうに去年の暦が我を見てゐる

年ごとに空家の増えたる街角に口開け待ちゐるポストが一つ

皐月なれど山に見えをるいくすぢのシュプール達が冬をしてゐる

雪たちは徐徐に世界を塗り変へて心の中まで冬にしてゆく

薄氷をこはさぬやうに雀らが脚をつけてはまた飛びはねをり

昨日の影が未だに幅きかせなかなか今日になりきれぬ我

嵩のはる影を引き来て耐えきれず捨て場探してとみかうみしぬ

石庭に只一人来て目を閉ぢぬ何かの影を引き摺りながら

教室に影のごとくにひそみゐる一人の為の今日かもしれぬ

はやぶさが海底トンネル抜ける時新しき我が一つ息をす

函館に残して来たる我が影は今頃海峡見てゐるだらうか

鰻らが役目を終へて台風がそこまで来てゐる立秋の夜

窓開かぬ列車がでかき顔をして窓開く電車を追ひ越してゆく

シラケたる心の匂ひを漂はせ君は背中で遠ざかりゆく

山山は蜘の巣払ひしごとくにも雲を脱ぎ捨て夏を迎ふる

マスクせぬ我を取り囲む数人の強迫じみたる無言の強制

駅にあるピアノを囲みスタンバイ虚栄心らが火花散らして

ヒロインよこのステージからおりるなよ黒子が一人未だ待ちをる

ライ麦畑ゆ落ちてきさうな生徒らを捕まへてをれば還暦となりぬ

粉雪を舞ひ上がらする風たちのどこかに春の気配見てをり

さつきまで雪降らせゐし雲達が疲れたやうに浮かぶ昼時

かぐや姫とセーラームーンが手をつなぎ降りて来さうな満月の夜

残月のごとく目立たぬ女生徒の消え去りさうな影を見てゐる

清澄
Kiyosumi

雑感

私が住む細山は、丘の上に学校が並び少し歩くと広大な畑や林に囲まれ誠に環境の良い所である。朝早く一時間ほどのウォーキングを日課にしているが、季節ごとに畑の作物や咲く花の色や香り鳥や虫などが楽しめる。勿論それらは作歌の元となり私を豊かにしてくれる。実は一年半前、全幅の信頼を寄せていた夫が短期間で亡くなった、切なく耐えがたい現実であった。しかし私には歌がある。子や孫がいて友がいる、自分の心と体にムチを打ち乍ら少しずつ落ちついている。

短歌の歴史は七年程の駆け出しであるが、歌を通して素敵な方々との出会いに喜びを感じ乍ら「私にしか作れない歌」を心にとめて励んでいる。声に出して朗誦してみよう、目の前には時の情景が広がっていく。私にとっての短歌は心の叫びであり魂そのものである、全てのものに対し生き生きとした関心を持ち続け、そのような生き方を自分の生き方としよう。

本名・本田澄世。昭和20年、長崎県生れ。所属結社「花實」。平成25年1月「花實」短歌会入会、「品川短歌研究会」では神作光一先生に指導を受ける。日本詩歌句協会会員。『現代短歌選集5』に参加。

しろたへの雪明らけき天《そら》たかく光さしそふ新しき御代

いにしへと今世寿ぐ御宣明天定まりて虹立てる見ゆ

見るかぎり空晴れわたる元旦の遍く光にわが身を浸す

生くる身のひとひ一日を明らけく朝の光のなかにことほぐ

手につつむ真玉の如きひ孫見つつさやかに生きんこの一年を

のぼり来し芦の湖をのぞむ九頭竜の充つる静かさ正月三日

見上ぐれば白銀焼ゆる龍ケ岳かたはらに照る大寒の月

人生の道も半ばと笑ふ夫歩みの跡に咲く花知れず

湯上がりに伸びたる夫の眉揃ふるロシア行きの旅に合はせて

堂々たる八十四年の足跡の顕はれているひたひのしはに

夫の肺に思はぬメスの入りたる理解しがたき胸水の占む

娘や孫の元気な顔に囲まれて夫はひととき病を忘るる

盆の上に薄と団子栗供へやまひ落ちつく夫との十五夜

ああ夫よも少し生きてわたくしを叱つてほしい至らぬ所

髭を剃り水含ませしその夜にいのち仕舞ひし夫を送りぬ

いつまでもめそめそするなと夫の声北より吹ける風音のなか

枕辺に髭が伸びたと寄りて云ふ亡夫の初夢正月五日

黄泉の道亡夫はもどりて我が家にて粥を一緒に令和の正月

冬の日と云へど刈田のなつかしく午後の日差しに憩ふ雀ら

はらはらと残れる梅の散りしける冬日に匂ふ夕暮の道

朝蔭に映ゆる若芽のあちこちに亡夫の植えたる蕗のたう出づ

下草を刈る人もなき梅林の光りか匂ふ梅をうれしぶ

蛇行する水路に沿ひて山あひの刈田も春の息をととのへ

朝の陽の目に沁む卯月男らの鍬入るるたびふくらめる土

夫はもういない水田にいち早く入り啄ばめるアヒルの親子

男らのつややかな手が田草引く露もてる田の静かなる朝

田水入れ畦塗りも近しという春に夫のいない稲作はじまる

にぎり飯抱へて参加する田植をとこ等の背亡夫と重なる

亡夫のゐる黄泉に届くと思ふまで早苗に溢るる緑の生気

はつ夏のすがすがとして早苗田の土壌に亡夫の匂ひかあらん

梅林の雑草を刈りし夫の鎌今は静かに倉庫に眠る

黄金色に広ごる稲田のコンバイン音高らかに吸ひ込みてゆく

刈り終へて頬張るむすびの梅の味旨い旨いと男ら五人

田の隅の積みたる藁に秋茜時を惜しむや晩秋の夕

軽トラに積みしわらの香立つ夕べ今年も励み秋はをはりぬ

細山の寺ゆふぐれて寒き日の路傍の石にも日の温みあり

愛し子をみたり抱きて長男のゆたけきままに年とらしめて

夕光の日の温みある柚子の実を落とす息子の焼けし横顔

寡黙なる娘と思ふもあたたかくみたりを育て家守り棲む

すこやかに正しくあれよ三月は五十歳の娘の生れ月なり

男の孫の独立宣言たのもしく二十二歳の春を惜しめよ

世にいでて体験したる色々の慣れぬことがら熟しつつ孫よ

ひさびさに孫と並びて寿司つまむ叶へと願ふきみたちの夢

照れ乍らしなやかに風情まとひつつカメラに収まる女孫まぶしき

名のやうに凜と構へし面立ちはひ孫の話ぞ今日誕生日

本当にいつも有がたうと娘らの母の日に届く花の香やさし

おほきい腹抱へし妣の眺めたる昭和二十年の浦上のそら

胎内の我を守りて浦上の焦土踏みけむ妣ぞ恋ほしき

残されし者の切なる祈りこめ浦上の里に夏はまた来ぬ

遠くなる記憶つなぎて八月は私の生を愛しむ月

澄んだ世になれよと我が名を付けし父夢にでませよたまに逢ひたし

みづからの分を守りて生きゆかむ厳かに射すあかときの光

いつしかに妣の齢をとうに越えたまに会ひたき今日は母の日

霜月はとほき山並み映ゆる月もみぢ葉の月吾が生まれ月

わがための新茶をのめば染みわたる花のかがやき水のかがやき

おほいなる我が財産は子と孫と三十一文字の歌にあるらん

栗明純生
Sumio Kuriaki

混沌とした日々に

世界はコロナウイルスでまだてんやわんやが続き、米国の大統領選、中国や韓国の政治情勢も、わが首相の突然の辞任、交替による国内情勢も気になる。

そんな時にこの選集のお話をいただいた。三年前に完全に仕事から離れたので、一度これまでの四十三年間の仕事生活をまとめた歌集をと考えていたが、それには相当の時間とエネルギーがかかるしと迷っていた矢先だった。そこで退職の頃以後を中心に、さっとこれまでを振り返ったものをと思ったが、やはり人生の大半を過ごして来た職場の思い出は数多くまた格別のものがあるので、入れてみるとあれもこれもとなり、取捨選択に苦労した。それにもしかして私の歌を読んでくれる奇特な人もいるかもしれないので、退屈しないように、若き日の恋の思い出や出張や旅行での海外詠も入れてみた。少しは印象的であればと願うばかりだ。

1950年下関市生れ。現代歌人協会会員、日本歌人クラブ会員。銀座短歌代表、短歌人編集委員。
『ラ・トゥールの闇』他歌集3冊。

香港のキースが職を退くというどこかニヒルなジョンブルなりき

アジア地区ともに仕切りし日々杳《とお》く　辞職メールをまた読み返す

飽くほどに曇天の日々　ゆくりなく憶うはるかなミシガンの空

ミシガン州エリー湖畔の街にて

四十年前不意に明るみ雲裂きて煌めきたりき春の日差しは

悲しみの小さき器と思うとき春陽まぶしくわが眼を射しぬ

残雪も何せん皓き女学生の肩、腹あらわに横たわる庭

わが乞えば書類ひとかさ抱え来るたおやかにその白き腕もて

軽やかに春の素脚のしろじろとウエイトレスは席をめぐり来

カバネルのヴィーナス想わす二の腕の春のひかりの粒子に溺れ

えんえんと獣のごとき抱擁を横目にケネディ空港を出ず

鼻をつくああこの匂い西洋人の劣情そそる香りなるべし

冬の陽をきらきらに返す銀《しろがね》のハドソン見つつニュースを拾う

拒むごと我を圧する摩天楼いくたびか来て今日の違和感

九分九厘成りし案文その最後五行にかけし火の数時間

炎昼を肩もあらわなリサと行くこのトルソーにアダムも魅かれけん

くちづけてさやかに伝わる痺れなりセーラムなるべしこれは汝が舌

うすれゆく記憶の波に浮かべおく緑のシフォンのショールのことも

夢に来て夢に去りゆく島影のはるか霧らいて見えずなりたり

ローランサンの夢見る少女を眺めつつ癌センターに呼ばるるを待つ

糜爛する胃壁のカラー写真見てにわかに兆すはつか吐き気は

昨日ヘルペス今日、潰瘍と告げられぬわが老年はかくにぎやかに

午前三時どんより目覚めしマドリッドのホテルに知らさる　株の暴落

ひと晩に五百万円失うも時差にかすめる頭《ず》に解《わか》りかね

スマホ手にニュースを飛ばし読みゆくも時差の桎梏　風呂に湯をはる

終末にもろ手を挙げて絶叫する人らのさまにプラタナス並ぶ

「メメント・モリ」突き付けられつ五千体もの骸骨を塗りこめし部屋

縛られて灯をともされて曝されてあられもなくてモミの木君《きみ》は

でこぼこの巡礼の道《サンチャゴ・デ・コンポステーラ》、その上《かみ》は荷を負い歩きし八百キロを

「発見のモニュメント」とぞリスボンに虐殺記念碑とインディオは見ん

リスボンへ天正少年使節団その二年余の情熱羨《とも》し

シンゾーがウラジミールと呼ばうたびぞっとする笑みプーチンは浮かべ

あの夏に一方的に破棄されし条約をまた急ぐわれらは

核装備なき小国がほざくなと言わんばかりのラブロフの貌

〝ジェット・ストリーム〟城達也の低音にくすぐられいつか意識はかする

いや違うと言いてシーツをつかむ手に幾たび醒めて朝の空白

乳母車にスマホかざして押す女スマホは大事赤ちゃんよりも

娘《こ》がわれをきつくなじりぬ　押しころしし声を限りに内に叫《おら》ぶも

闇抜けて海一望に展くとき緑の駅に傾ぎて止まる

背を反らし蠱惑の笑みを投げかくるミュシャの《ダンサー》髪をなびかせ

まざまざと一年前がよみがえる《スラブ叙事詩》の呻きよ耳朶に

ひとり座す水辺のカフェにエリー湖の眼にしむ紅葉思いいずるも

うっすらと雲のかけらの浮かびいる空のかすかな鼓動を想う

たぐりよす記憶の端々スクリーンにサマルカンドの青さえざえと

スカボロフェア低く流るるカフェーにてしずむ夕陽に街は溶けゆく

胸もとまで白き裸身の惜しげなく初日に雪の不尽は冴ゆるも

胸張りてカルロス・ゴーンはまくしたつ同胞《とも》にもあれな脂ぎる面

湖北省のマリモがじわり浸みこんで七十億人おののきやまず

防護ゴーグルの痕なまなまと看護師はカメラにか細く　気をぬくなゆめ

野戦病院さながらのテント続きいてセントラルパークの寒き朝明け

つぎつぎと冷蔵トラックに運び込む死者を連れゆく埋葬の島

デマひとつにトイレットペーパーかき消えて令和二年の春は明けゆく

もえさかる炎に爛るる首里城を涙せきあえぬ沖縄人《しまんちゅ》見入る

香港に黒きマスクの学生を警官は撃つその左胸

輝ける明日を示すや摩天楼ひしめく香港、塔婆のごとく

買物に胸躍るという　世界中の平和だったら買ってみたいが

あとひとひあれよと祈る花の日を終日たたく春の嵐は

越田勇俊
Yusyun Koshida

うたを詠む理由

作品をまとめてみてあらためて思うのは、私が雨、街、言語をモティーフにうたを詠むということである。私の中で、これらは生活の糸口といってもよい。雨が殊更待ち遠しいのでもないが、この雨もかつての時世と繋がっているのかも、と思うといとおしくなる。街のこみいった街路を歩いて、ビルの林立するその陰にある「痕跡」をみつけると、妙に嬉しくなってくる。そして、日々言語に、殊に古語と向き合っている生活の中で、その言葉自体がたどってきた歴史の歩みに深く心が魅かれるのだ。私は、事物にひっそりと息づく「過去」の姿を、思い、探し求めて暮らしている。勿論、あたらしさが嫌いなのではない。無論、私の懐古し得る昔もそう遠いものでもない。けれども、雨や、街や、言語に私が語り掛けるとき、その奥にある彩と、みることの叶わなかった世界とを、みせてくれるときがある。そのような出逢いへの喜びをとどめ置くために、私はうたを詠むのだろう。

平成８年、神奈川県生れ。所属結社「りとむ短歌会」。今野寿美に師事。2017年、1996年生れの歌人による短歌同人誌「ぬばたま」創刊。同年、第17回りとむ20首詠第１位。

オルガンの光れる音のきれぎれに街を満たしてゆく春のうた
眠さうに書架に収まる全集に我のうれひの指を添はせる
図書館に辞書をひらけばほろほろと零れ落ちたり春の類義語
誤字に木のさやさやと立ち日本語は風のやうなるサ行を持てり
あかねさす朱の鉛筆をたどらせてきれいに波を付す形容詞
いにしへの春めく詩語よ　ひさかたのあなたの声になつてしまへば
春の午《ひる》　眠いな　とても　ああ雨の匂ひがするな　ここは原つぱ
退屈を分けあふやうに原つぱでシロツメクサを摘んでぼくらは

桜にはさくらの私語があることのぼくらが樹下に捨てる幼さ
守らるることに痛みの萌すとき便箋の罫はみ出してゐる
藍いろのインクで綴るべき言葉あなたに過去の嘘をあやまる
敗北に北のあること　人波にまかせて駅の出口に向かふ
雨の匂ひを問へばあなたは夜といふ春のおはりの夜の匂ひと
傘立てに傘を眠らす　一日のすべてを水にかへす玄関
みどりなすけやきの陰に休らへば我をとざしてゐる夏のうた
はつなつの波のやうなるぬくとさに我には我の街路樹の立つ

けやき葉の戦げる路のまつすぐにひとの死にあふ未来の永さ

夏、ひとり　喉《のみど》をきつく潤せるレモンサワーの苦きあと味

柑橘の果肉はなみだの形して噛めば涼しき寂しさはあり

ひとりの比喩だらうか、これは。　ぼろぼろのペーパーバック眠りゐる書架

註釈を探しに書庫をさまよへばあなたと行きし町の史書あり

ためらひもなく友と呼ぶためらひの一口水を飲むあとに来る

我をみる伏目のおくにあかるさのあなたのためにある三連符

明日には忘れ去らるる雑談の一〇一個目にある薄明かり

ゆらゆらと夕方めいてゆく街にひとを零るる澪《みを》の幾筋

この十の指をたわめて作りたりかなしみのまたかへり来る巣を

思ひ出のおくの炎のまへに立つあなたを溢れ出る冬のうた

すきとほる胸びれに刃をあてるとき我の肺腑のはつか膨らむ

冬木立まつすぐ空に立つてゐる　むなしいといふ訓を持つ空

奪ふことその暴力を持つ冬にコートの襟を深めに合はす

Ｐｏｌｅ《ポーレ》とは野原を指す語　いくたびも奪はれてきた霧立つＰｏｌｅ

雨になり雪になりまた　退屈はぼくらを窓にゆかしめて、雨

雪原のやうにＷｏｒｄはひらかれて水めく語彙をうちこみし夕

ひえびえと声は降るから結論は出さないやうに冬の研究

ビニール傘の壊れやすさをひらくときまならうらに君をひそかにさそふ

ためらひもなく徹夜するひととゐてああ夜明けとはこんなに青い

抒情詩が雪の匂ひを立ててゐる古紙回収の朝の街かど

いつか人語を奪はるる日を思ひつつ君にみじかき挨拶をする

声といふ言葉のかたち　頼りなき日々にぼくらのいのちを宿す

夜の比喩だらうか、これは。　さよならは小声でもいい欠陥言語

佐久間裕子
Hiroko Sakuma

抽象

さくら花ちりぬる風のなごりには水なきそらに波ぞ立ちける　紀 貫之

物置を掃除していたら主人が学んだ『古今集』が転がり落ちた。頁をくると前出の歌に出合う。衝撃的だった。学校はお茶大の付属であったから先生方は超一流だ。百人一首は意味も解せず丸暗記して得意だったが高校に入ると先生は『源氏物語』に執し三年間源氏のみであり加えて「アララギ」に賛同した。これで全く国語を専門とする気にならず、まだ負け惜しみもあって歌会に行けば「俳句か詩に行け」と相手にされなかった。前出の貫之の歌に驚き短歌を志す。三十歳の時である。貫之の信仰の替りに美を、歌そのものをわが物として対象化した立体的な構成が終生の目的となった。

昭和８年、東京都生れ。所属結社「一路・純林」「ＴＥＡ・ＴＩＭＥ」。歌集『地点』『悠《はるか》』（神奈川県歌人会第二歌集賞）。日本歌人クラブ関東地区優良歌集賞。神奈川県歌人会役員。「長沢美津」、「水町京子」に師事。「遠つびと」「女人短歌」編集委員。「一路・純林」千号記念編集委員長。

飾窓のフラスコに映る夕の街長く歪みて青増しゆけり

匂消し匂商う小気味良き香料店ありビル並ぶなか

変りゆく街にしあれど古き貌《かお》に会いたるごとし老舗残れる

未来都市は地下に空に築かるるともわれは今日の陽を沿び歩む

神の目にも死角はあらむいささかの謀りありて人に逢えるを

地下道を吹き上がる風なまぬるし人の足音も共に身をめぐる

決断を強いらるる会話陸橋を走る轟音に遮ぎられたり

笑みて語る人の瞳ふいに猫のごとく光ればすでに欺かれいむ

風よりも柔かく頬にかげろうは人かも声かもひとり佇てるに
モチーフを情熱をもて語りつぐ人は風となる　青き海風
きらめきに心しばらく揺れいたり霧雨は夜を暖かくする
さりげなく手を振り別れさてひとり日曜日の道は広すぎる
人と人とが線引きかたみに主張する土地は地球の表皮であれば
椅子取りゲームの曲終るときこれが土地誰住むというも運なり
ウィンドーに夏を語りしマネキンを青年は一本の木のごと運ぶ
あじさいの花毬いくつ影重ね揺れいるあんなこんな目をして

蟻地獄の砂地くずしてあがきいるは科ある蟻とは限らぬものを

この石を投げなば波紋起るべしさばさばと成せと耳に声あり

花　花と忙しく蜜を食りし揚羽は知りいる驟雨のくるを

甘藍の球の実りに白きリボン巻くがに蝶のたわむれている

たそがれを萎えたる花に来し蝶よもう空が冷たくなっている

フリル・フフ露出度高き若き娘の洋服売場にくすぐられてる

自動ピアノひたすら曲を奏でいて透明人間の華やげる指

脳の半分機械化せるプログラマーの白きワイシャツ昼食に並ぶ

科学者の脳に数多の線を引きロボット一台動きはじめる

開かぬは扉ではなし透明なガラスのビルに弄《もてあそ》ばれてる

奇人とう執ねき人の一生をテレビに見たりたったの一時間

欠け満つをくり返しいて完璧にわれはも遠きと月の呟く

青きメロンに脈絡もなく筋走り束縛のなか果実は熟す

今日にて閉鎖するなる国鉄の汐笛のあちこちに物を燃やす火

特急電車が飛ばしゆく駅夕ぐれて疎林のごとき人影の立つ

しなやかに枝垂るる秋萩この家の人も老いたり触れて行きたり

あと十日経なば裸木とならむ樹の黄葉明るしからまつの道

林を抜けしと思うは錯覚か前もうしろも木のような人

又余なす枯葦原に残りたる浅葱の色をゆらして風は

濃き霧に捲かれておればいつしらに身より零《こぼ》しし希いの多し

魚捌き貝むきて売る朝市の踏みくだかれし貝殻の白

さざえは口を閉じました　ここで途切れる噂ばなしが

寒鰤は片手に重し吐く息の太き男と肩並べゆく

ジャイアンツ負けて荒々飛ばすタクシー私は家まで無事着きますか

氷河期が明けしとき生れし一万の湖は地表の涙とも見ゆ
ゆったりと水をし張らば藍の花開くや景徳鎮の古《いにしえ》の皿に
光琳の水の流れは紅白の梅図巧みにくぐりて豊か
古人の守り給いし観音を共に見つむる湖北の初雪
湖《うみ》は山を山は雪を呼び合いて湖北の谷の白きうねりよ
冥界と結ぶ糸かや雪の降りあきらめは小さき光る尾を持つ
京子百首読みつぐほどにわが歌の摑みどころなしこの先もなお（水町京子先生）
先生は汗をおかきになりぬらし夏蟬しきりなる桜美林の昼

卒寿越えし師しかと立ちませり処暑の夕べの明月のもと（長澤美津先生）

時経ればこの悲しみの凪ぐならむ和ぐと覚えず定まりがたし（女人短歌閉会）

とつぜんの大き波を逃れ得ず手も頬もすべて塩の味する

尽くるなく水湧く沼の朝いまだ月影杳と涵しいるなり

鶸色は帝《みかど》の色と目の先を飛びゆく鳥が冠とし戴き

悲の壺となりいし沼に喃々々々と聞こゆるほどのたれのため息

蘇生してまた腐れゆく夏の沼生臭かりけり老いとはかくも

一人《いちにん》の逝く方を聞けば古き沼息ころす底に天《そら》の青見ゆ

佐藤玲子
Reiko Sato

現の日常

今年は二月二十八日から半年近く巣籠り状態が続き未だに行きたい所へも行けず、施設で暮らす母にも会う事ができない。齢九十九を迎える身で、何程心細いか、車で五分程の場所がとてつもなく遠く感じられ、受付で必要なものを渡し、手短かに様子を聞いて帰る時、母の部屋の窓を見上げる。

今迄が全て夢のなかの出来事であり「外出自粛」「劇場閉鎖」「集会中止」等、全ての人のマスク姿が現の日常か？　地球規模の大どんでん返しの中、庭の小景に時が流れて酔芙蓉の蕾がほどけてゆく。五感の不均等に戸惑い乍ら、ラインで笑っている自分を観ている私。伝わらない温もりを犬にむけ、梅雨明けの空の下でトマトを捥ぐとコロナに罹患していないと鼻腔から香りが知らせてくれる。

歴史に残るであろう武漢発といわれるコロナウイルスとの共生を探りつつ変化してゆく生活様式のなかで、短歌も又、思いもよらぬ形で変化してゆく予感がする。

昭和21年、長崎県生れ。本名・田口玲子（たぐちれいこ）。所属結社「かつしか野」。昭和43年、加納久栄主宰「葛飾野」入会。歌集『虎落笛』『ひかり』他。エッセイ集『ＮＥＷ・ＹＯＲＫ』。

家ごもり気力体力なえゆくかラジオ体操第三の挫折

六月の予定に沖縄かきこんで自己満足する今年の手帳

伸びてくる日除けゴーヤの蔓の先わずかな気流に行ったり来たり

四万人こえたコロナの感染者八月九日おだやかならず

新しい記憶そぎつつ戻りゆく母の世界に焼夷弾ふる

水を抜きザリガニ日ごとに干涸びる稲田上空ドローンは廻る

盂蘭盆会一人でおえてひとり酌む冷酒は美味しと亡父の声する

螢ぶくろ父の墓前に供えつつ語りきれない此岸の出来事

気散じにビデオを選ればコモド島コモドドラゴン悠然として
窓際に風の読みさす小冊子「あめすがすがしい空気にもたれて」
コロナ禍でマスク外せぬ葬儀場の友の遺影は見事に笑う
落ち蟬が不意にバサバサ地をはえば見遣るほかなし蟬の尊厳
助けられ生きてきたのを自覚するいつも私はあとから思う
増水の川面プカプカ流れ来る桃にはなれないペットボトルが
コロナ禍の最中に辣韮つけている洗い清めて塩ふりながら
竹林の乱れて風道さだまらず竹が竹うつこもごもの音

席譲り席譲られて笑いあう貴方も私もみな高齢者

雀の巣雨どい塞ぐかたわらに幟のように捩花の咲く

事もなげに骨を切るやら繋ぐやら山歩きする夢みて眠ろ

安じても入院の身はままならずTVに見入る雨の長崎

夢にみた庭を這いずる長胡瓜るすの間に際限もなく

松葉枝二本加えて三本の矢とはならない私の右あし

ハチドリに負けぬ雀のホバリング筋力は大事リハビリせねば

螢袋の雨にゆれてる庭すみは亡父在るごとし幼な児だいて

降り続く雨のスクリーン遡るファミレス一軒の昭和の幕張

憐憫は不要と知れど香港のデモがせつないシャドーボックス

県知事は何処におわすか声もなく姿も見えぬ大規模災害

自家発電終えたらその後なんとしよ庭のかえるがケロケロと鳴く

夜空などみる余裕なく部屋キャンプ電源つなぐまずはパソコン

後続に未来を託す希望の灯「学生地球温暖化防止活動」

こぼれ散る白萩を掃く人手なく思いがけない華のきざはし

去年より小さく見える蟷螂の卵嚢ひろう大雨のあとに

坂くだれば田畑が広がる散歩道のはずが水漬ける異常な雨に

息子の住まう窓より眺めた香港の街並けぶらせ催涙弾飛ぶ

深紅に色うつりゆく帚木をコキアと呼べば遥かな源氏

初夢は予祝とならず俯いてお医者の説教ながながと聞く

エッシャーのだまし絵のごとゆく鳩の空に紛れて行方の知れず

情報を集めて捨てて考えるコロナウイルスわからぬままに

街灯をＬＥＤにかえた街よふけの満月ぼんやりとうく

どこからが延命措置か柔らかに午睡にはいるしろい母の手

島国の陣取り合戦くろく塗りフレコンバックは海をみている

もち麦にむらがる庭の鳥だんご三密ですよ人の世界は

手作りのマスクそれぞれポスティング誰のかわかる見慣れた柄も

迅速にと言葉ばかりを聞き続け待ちぼうけのまま手書きの閉店

前方の煙は何かと思う間にすいこまれゆく霧は海かぜ

干し飯を懸命に子に与えてる親雀いる雨の降る庭

マスクつけ帽子かぶって眼鏡かけ伸ばしのばしの病院へ行く

上弦の月に仄かなかげみえてリラ匂いたつ家ごもる日々に

ダム底に沈んだ橅の小径ゆく師のあとを追う八ッ場の幻

分別のゴミていねいに選り分けてコロナよコロナプチプチつぶす

何しても興がのらずに眼を向ける卯の花腐しの軒の雨だれ

ともはねよかくてもおどれこころごま転た楽しめ崖の上のポニョ

埋み火が哀惜となる香港の抗いきれぬ未来おもえば

願わざる七夕祭りの雷風雨たんざく飾りを蹴散らしてゆく

青がえる庭に小さな声でなくこれがいいのさ去年のつづき

結末は草笛の丘に行ったとさ小ヤギのポニョのひと夏の夢

下村百合江
Yurie Shimomura

「縄文時代」との出会い

昭和一桁生れ、学童疎開組六年生だった私達は進学のため帰京。空襲にてわが家は罹災。昭和二十年八月十五日、玉音放送を拝聴した。

昭和三十九年、松村英一に師事して作歌を始む。「万葉歌を百首は首暗記せよ」との教え。後年師事した千代國一に写実の深化を学ぶ。

短歌とは出会いといえる。私の最大のそれは縄文時代との出会いである。四十五年に転居した松戸市の家の盛土に、土器片や貝殻をみつけて驚く。近くの貝の花貝塚発掘後の残土だった。縄文人にひかれ貝塚に通う。その後、隣町の子和清水貝塚発掘の見学、各地の遺跡探訪も。

歌うことで巡り会った数々の事象。時に思わぬ私自身に出会い、はっとすることがある。

平成三十年に妹を亡くし、翌年、夫を亡くした。呆として日を送っている昨今であるが思わぬコロナ禍の本年。我等ヒト科は、この毒胞ウイルスの猛威を如何に処するのか。

昭和7年、東京都生れ。所属結社「国民文学」。昭和39年、松村英一に師事。後年、千代國一に師事。平成11年～26年「国民文学」選者。日本歌人クラブ、現代歌人協会会員。

三千年の遠代に人の住みしあと土器片の浮く貝塚に立つ

埋《う》もれゐし土器のかけらを掘りしあと土に鮮《あたら》し縄文残る

巻貝も混りて浮けり貝塚のなだりに筋のしるき雨あと

土器を焼きし遠代の炎思ほゆるわが手に触るる堅き薄片

子和清水貝の少なき貝塚に掘らるる石器のまろきはいくつ

発掘の人ら去りにし丘暮れて闇に残れる竪穴の址

令和二年七十五年ぞ学童疎開想ひありありと還る幾たび

富士山が心の支へ疎開の児ら河口湖畔に歌ふわらべうた

指し来たる富士にて旋回Ｂ29の東京へ向かふ爆音けふも

進学の帰京に空襲・玉音放送少女らこころの成りしか彼の年

銀杏並木の彼方にドームの絵画館御一代なる聖徳《せいとく》仰がむ

御一新《ごいっしん》百五十年なり絵画館に真対ふ和洋壁画の八十

行啓の開校式なりご下賜の一首校歌に母校の百四十年か

年末の父との買出し魚河岸に人らと物とのひしめき懐かし

ビルの街平河町の照りかげり日輪追ひゆく蝕なる正月

白木蓮の花を待ちゐし妹の詠みたる三月母在《いま》ししごと

満開の白梅に並ぶ馬酔木かも葉むらの先に白き花充つ

越冬の馬酔木の花蕾季《とき》の来て壺形小さき白の垂れ花

スーパームーンに近き今宵か英一の馬酔木偲ばむ「房ながく見ゆ」

万葉の花なる馬酔木か細葉ふと揉みてもみたり匂ふともなく

「ささやきの小径」懐かし春はやく群れ咲く馬酔木に彼の日の友ら

来春の花蕾か馬酔木つんつんと枝先《えさき》に総《ふさ》を上げくる真夏

英一と國一の花「はなにら」か日光《ひかげ》あつめて明しひとところ

白金台にとどめし紫草《むらさき》白花のほのかに咲くやいにしへ恋し

月光《つきかげ》に穂群《ほむら》あかるき萱《かや》の原歩み過ぎつつ昼のぬくもり

中秋に近き月ならむ木星に寄りきて東の土星に向かふ

この年も中秋無月《むげつ》なり朝明けの西空低く巨大なる望

オリオン座ベテルギウスぞ急激に光度低まるとふ何のきざしか

頼りなきわが目にも正にベテルギウス冬の大三角一端危ふし

客星とふ超新星の出現を記しし定家の「明月記」はも

北の丸の樹冠みおろす階ここに妹の脈に触れゐて幾とき

呼吸不全のわが妹よ「胸を張れ」テレビ体操いまにせつなし

大嘗宮の本丸仰ぎて二の丸の雑木林に季《とき》をたどりぬ

昭和天皇の御心偲ばむ雑木林武蔵野の景かもここに生きつぐ

茅葺きのかなはぬ大嘗宮とや板葺きの向き合ふ神殿白木のかをる

平成もこの地でなされし大嘗祭とふ神殿拝しきて高き天守台

天守台の石垣ここにも標高示す明治初年の几号《きがう》か刻まる

左螺旋に幹太々とよぢれ立つ桜並木の舗道の凹凸

木守柿《こもりがき》いくつ残して冬木めく枝《え》に鵯鳥の二羽がをりをり

充実の冬木に向かふ季《とき》のきて全うしたる光合成はや

もみぢ葉を落ちつくしたるやすらぎの冬木に呆《ぼう》と寄りゆく吾か

冬囲ひの浜木綿こんもり葉のみどり今年も夫の成したる形《なり》に

ぬけがらの吾かも一日《ひとひ》植物の蔓の螺旋の右左を追ふ

寂しさに耐へなむとしもこのひと日天文年鑑にたどる星星

返る声なき寂しさや一日《ひとひ》けふもあなたの読みし幾冊を手に

あなたとは分野の違ひ寄りゆかむ一書にむかひぬ声のききたし

不意に湧く補助線の如く導きてくれぬか吾の呆たる日日を

呆とゐし吾のかたはらわが娘このひと年《とせ》を支へてけふを

生き物の頂点ヒト科ぞ頼めなし毒胞ウイルスの猛威いつまで

ラテン語の「毒」とふウイルス増殖の止まず感染パンデミックに

ペスト禍のその直後とふルネッサンス信じてよきかヒト科の力

庭樹木《きぎ》の競ふがの萌え常のごと四月新型コロナウイルス

大正期のマスクの写真に母想ふ「はやりかぜ」とふスペイン風邪か

一語なる「コロナ」にて通るこの日頃人らの歌に生活《たつき》のにじむ

大接近に向かふ火星らし探査機の打上げ成功コロナ禍の今日

生き物の如きウイルス終息後もたのまむ「叡知」のホモサピエンス

末廣鈴恵
Suzue Suehiro

新居にて

何時来ても、鶯が鳴いていて良い所だと、決定！　地鎮祭だ、棟上げだと一通りの道程を終え、住んで一年経過、やっと落ち付いてきた。主人が、仏間で笑顔でいてくれるのが、うれしい。今年は、主人の真似をして胡瓜を植えてみた。土を掘り石を取り、野菜が良く出来るという土を混ぜ合わせ、「これでいいよね、お父さん」なんて問いかけながら……。近所のお花屋さんで苗を買い植えた。風で飛ばされそうだが支柱も組んだ。

今は、成長した胡瓜達が、しっかり絡み合って実を付けてくれている。一人暮しには、多すぎるので、食べて！と、御近所さんに、お裾分け。コロナ禍なのでマスクごしでの笑顔の交換。

晩年になって、思いがけずにこんな生活が出来るのも、全部、息子が、計画し、実行してくれた事！　感謝している。これからも、元気でいつものエンピツと裏白チラシで日常短歌を作りましょう。

昭和21年、熊本県生れ。所属結社「蒼樹」。「土隅」「栂」「潮音」「桜狩」「蒼樹」。

追い込まれ追いつめられて窓の外まんまる月に兎がいたよ

彼岸花ぶっつり切って活けましょう逢うかもしれぬ真実《じつ》の吾のため

肯定も否定もしないあの笑顔ノーだったのね花火弾けし

いちご好きみかんも好きと言えばすぐ俺は？と返す君は嫌いだ

植えちゃった彼の大好きトマト苗与える肥料考え中よ

乱暴に置いたお客を追う様にカートは動く左へ右へ

確かなる約束をした訳じゃない待人来らずの文字をかかえし

夕間暮れふわり立ってる茗荷の子そこだけ白きスポットライト

カーテンを開ければ朝日さっと来て遺影の夫の瞳眩しげ

本染めをすれば消えゆく露草の下絵しっかり紫の色

埋め火に水滴もぐりこまぬよう薔薇の腐葉土また重ね置く

いま恋うはちっちゃな蛍の灯ではなく不知火海を遊ぶ謎の灯

わたくしのＤＮＡを持つ髪が白増しながら細まりて果つ

今の吾に何の力もありません公園あじさいドライフラワー

ふと爪に緋色マニキュア塗っただけ気分は軽く浮ついてます

配送車あと十五分は午前中外出待機の我はヤキモキ

少しずつすこしずつ我変わりゆく日本すみれの花籠の内《なか》

何げなく拾った石に縞模様両手でつつむネモフィラの丘

裏白のチラシに書かすこのペンは我の本心すらすらすらと

君いないあすが又来るこの地球《テラ》にひとりぼっちの闇の夜の闇

老いの海一人泳げと放たれて泣いてたまるか歪んでも笑み

吾が内に変わりつつある正体を詰めんとするに阻む気もあり

新品の遠近眼鏡にかけかえるされど見えない君の腹底

ここへ来たそっちへ行ったと我が家に働く仲間のルンバ桃子よ

バターぬり二つ重ねてジョキジョキと力を込めて切ってる絆

絞り出すあなたの声の真実が吾の胸内に届く藤花

一歩でも半歩でも良い前へ行くシロタンポポの綿毛飛ばしつ

怒る事あればある程我が家の鍋は光りと輝き増せり

あの日から君の視界の中に住み我は着てゆく淡き化けの皮

慢心のゆとりに浮かぶ三日月の尖りの先の翳り危うき

避難所を去りゆく親子輪で唄う相馬恋しやぁ懐かしぃやぁぁぁ

目を閉じて吾の原風景を探る時そこにいつでも割烹着の母

店閉じし君の心の痛みだけ髪むしる癖未だ止まざる

ふと解けし長年の謎山河こえ旅立ちし母のハートへ響け

ぽっかりと心に穴を開けられて軽業なみの我が仕事ぶり

摘んでおく双葉のうちに摘んでおく育てばきっと我が無くなる

その男今頃何をしてるやら剝がす勇気もないままのベール

待っているカーテン裏より現れる天狗の団扇大風おこせ

細胞に吸盤つけて吸うてやる痛みの強い赤い月の夜

鴨川の海に投げたる川の石海の魚に慣れただろうか

叩けども開けてくれないドアの有り泣く泣く歩むバッタの親子

封筒に走れと朱線引いている急がなければ届かぬ想い

風呂の窓そっと開けば満月は電線により均しく二つに

群れて咲く彼岸花達なでてきた風はすぎゆく権現堂を

涼風は虫の音連れて入りこむ閉店近き自動とびらに

あっ虹だ目と目が合ってほほえんで別れて行きぬ遠近《とおちか》五差路

気が付けば雲広がりて我が頭上満ちたるはずの月見当らず

ぱんぱんに膨らんだまま沈みゆく日輪あすは子連れで昇る？

心鍵かけずに過す君ももう閉じてしまいな空しき穴を
又やった大きなお世話を叱るよにカタバミの種子我手をはじく
太陽に背を向け我に真向いしハシボソカラスの色は白色
コツコツとヒールの音を響かせて冬は旅立つ明日は立春
眼閉じラジオの曲を口ずさむ君の瞼の微かな震え
吾が背に又農業に戻るからぁ弾む声にて友は手を振る
北風の中に幽かな香りあり姿見せない白梅は在る
光る月いつもと違う月の路わたしの捜す路かも知れぬ

菅原義哉
Yoshiya Sugawara

エピソードひとつ

私の家からバス停まで約五〇〇メートル程あって道路を挟んで住宅の建ち並ぶ造成地。団地の中でも広めの区画がつづいていて、庭の樹木も塀から道路の方に枝が大きく張り出している森林庭園の一軒がある。七月の半ばを過ぎてから、剪定というよりも、バッサリと伐採されているのを見て驚いてしまった。樹木類はこれから成長する季節。この庭園には枝振りの良い松があり、梅があり、白木蓮、金木犀がありで、季節毎に花や香りを楽しみながら通る道。その内の枝振りの最も激しかった金木犀の二本が、見事に丸裸になってしまった。秋になったら花や香りのする若芽が一本も残っていなかった。

庭師の社長、家主から依頼されて、たっての要望なので断り切れなかったのか、花の終った秋から冬の季節になったら、改めて手入れをしましょうと、一こと進言が出来なかったか。社長、今年の秋の金木犀の香りは、全く駄目になりましたね。缶

昭和 7 年、宮城県生れ。所属結社「橄欖」。昭和 37 年「橄欖」入社、主に大屋正吉に指導を受く。昭和 55 年橄欖賞受賞。平成 20 年橄欖社代表選出。平成 31 年橄欖社代表辞退。東京町田市在住。

わが庭の花を見つめて立ち止まり会釈して去る笑くぼの少女

思ひつきて庭木の剪定を始めたり地球が廻りて脚立の揺れる

剪定する脚立に立ちて見下ろせば魔女の寄り来て霍乱起こす

カナ書きの多き今年の流行《はやり》ことばボンビー老後の真つ只中に

味はひつつ古き映画を見てゐたりシャボンといふ語を懐かしみて聞く

十日ほどの検査入院にあれほどの頑丈なはずの脚がたぢたぢ

いつよりか詩嚢はすでに破れ果ててはがねの心も修復ならず

曲り角の和菓子屋の軒に吊るしたる風鈴の音を立ち止まり聞く

仰ぎ見る断崖の岩にへばり付く人間《ひと》の影にも似たる一木

ふるさとの友の便りにあまりにも匂ふばかりの事柄多し

矢も楯も尽きたる男血まみれになりて枯野に生きたる不思議

ふるさとの山河はいつも美《は》しくあれされども戦後は飢餓に苦しむ

企業戦士ともて栄《は》やされて素直なる彼の日の事をふと思ひ出す

たしかなる決意を持ちてもう一度生まれ替はると転居し行きぬ

人の世に吉をもたらす翡翠《かはせみ》の飛び立つときの一瞬を撮る

存分に鳥の仕種を撮りつくし忘我のさまに宙を見詰むる

階段を踏みはづすこと時折の老いざま見せて秋のうらうら

美しく見える仕草もお洒落なる服装してもやはり不自然

心臓にカテーテルを挿入し不整脈を治癒せる患者はみんな生きてる

心《しん》を病み生き伸びて世に還りたり大震災後の日本再生われも再生

生きて来し航跡の果て発作起こしいま恙なく養生の刻

陽のあたるおだしき家に住む翁口をへの字に今日も出で入る

いかほどにも咲かざる梅を見むと来る風の冷たき薬師池公園

防空壕の跡らしき洞《あな》くち開けて遊びに来いと亡霊のこゑ

駈けのぼるかたちに梅の花は咲く光のなかにちからある白

サッカーのボール蹴り合ふグランドの少年のころ明るくひびく

老輩になりても役に立ちたしと乞はれて町会の役員になる

景色よきこの界隈に移り住みて孤立・無関心も人の生き方

晩年のことなどあまり意識せずに若き日は奔放に憧れてゐる

老いていま人の絆は切れやすく結ばれてゐるのは妻のお前だけ

すぐそこは幹線道路今朝もまた早くより救急車のサイレンひびく

純真に老いたるいまを諾ひぬ詩を愛し家族を愛しおのれ愛しむ

萩の花しだれて古き門構へ屋敷の奥に児のあそぶこゑ

信号を渡りて少しの登り坂その左側にわが家あるなり

不整脈といふ不穏なるこの病気発症ありて救急車を呼ぶ

突然の救急患者に成り果てて三時間余の点滴を受くる

頑張るといふ口振りの日常にほら！おだやかに生きてゆくべし

つがひなる鴨は一気に高きより川面目掛けて着水決める

花粉症の先駆者はわれ発症して三十年にもなる闘ふなかれ

うぐひすのこゑを聞かざるこの春を嘆き明かして鳥を恨む

人の声は急に明るく春めきて花を植ゑると人のあつまる

何げなく素直になれと他人《ひと》に言ひ手応へ欲しき今日の一日

これからもまだ生きるぞと笑ひながら生存証明書に印を押したり

橋桁を睨むやうにしてのぞき見る崩れさうに歪むを心配するな

例ふれば九合目あたりをさ迷ふて奔流もなく喝采もなく

赤ん坊の泣き声を聞くバスの中なごむ顔してあなたも孤高

移り来て隣人《ひと》良し家良し交通良しよろこぶ妻の表情の良し

サイレンの近づいて来る交差点青でも赤でもみんなみんな止まれ

苛立ちても漢字表記を思ひ出せずむつくり起きて電子辞書に触る

一時間余の時間をかけてウォーキング私も妻もいまは健やか

プランターに花の溢れ咲くわが小庭いま平穏に暮らしゐる果報

徘徊といふに当たらず未来に向け風の吹くまま蹌踉として

暗がりにのそりと歩く人を見き夜の散歩はもう止めやうか

臘梅のひらき初めたる一月半ば法螺吹き旦那が湯治に行つたぞ

移り来て五十年にもなるといふに花嫁御寮を見る機会なし

朝に夕にお茶を奉じて二礼二拍手神事といふほどの事にもあらず

杉谷睦生
Mutsuo Sugitani

コロナ禍の中

コロナの疫病が、人類を襲い人々は今、懸命に戦っている。高齢者は、特に危険とのこと、対象者である私は、外出・人ごみを避け家の中で静かに暮している。そんな中、時間が沢山あるので、これまで詠んできた短歌をふり返り整理することに気づいた。

私は、西暦二千年に高校の恩師に、歌会に誘っていただいたのが、短歌を詠む始まりだった。それから二十年、先生や仲間、多くの方に教えを受けた。本当に、有り難く感謝の気持ちでいっぱいだ。

今回、短歌を整理することで、短歌との歩みを、歌集にまとめることも出来た。

コロナ禍の日々の中で、残された日日を、今後は、もっと短歌と主体的に関わっていこうと強く思った。

昭和20年、和歌山県生れ。所属結社「林間」。和歌山県歌人クラブ委員。日本歌人クラブ近畿ブロック幹事（事務局）。歌集『紀三井の桜』。

「嘘ついたら針千本のます指きった」孫と約束やわらかき指

檜風呂足をのばして目を閉じて眠りの中でしばし遊びぬ

給食の返し忘れの食器見てやん茶坊主が返してくれる

楽しげに信号渡る親子連れ日ざしかんかんもう夏休み

物物に埋もれて暮らす老いの日に足るを知れとぞ壁の禅語は

夜の海に明かりを映す不老橋じっと眺めて明日を思う

ガソリンを給油し車体ふきくれて笑顔サービス街のスタンド

雨戸しめ暗闇の中目をとじて猛台風の風の音聞く

しんとして子どものいない教室に午後の寒さのしのび寄りくる

声荒げやん茶坊主をしかる時涙見せても手綱ゆるめず

がさがさと騒ぐ子どものパラダイス大きな声で規律求める

ビルの上より足場落ちその下を通る若者命消えたり

赤黒き日焼けの顔で仕事する工事現場の旗振る老いは

一輪の白きコスモス咲く畑に風は冷たし冬の足音

次々とあと追い踊る銀杏の葉寒さの冬はすぐそこに待つ

ゆらゆらと柚子の実胸に寄り来れば冬至の朝は長湯となりぬ

保育所のリュック背負いて手さげ持ち真顔に帰る三歳男子

空澄みて新緑の森精気満ち迫り来る朝力をもらう

店先に並ぶ花苗初夏招く育てんピンク変化紫陽花

マスクして目だけ光らせ街を行く人の心の内の見え来ず

人生はラストコーナー後がないしっかりせよとの声が追いくる

知覧にて国を死守せし学徒兵散華遂げたり片道キップ

自転車に乗る練習の幼児に添いて走るは若き父親

やわらかき庭木の緑一斉にさかんな命萌えいる季節

犬とりにケンを捕られて後追いて泣きし遠い日思い出す夕

露天風呂眼下に加太の海広く夜釣りの船の灯の行き交えり

彼方まで干潟広がる片男波憂きこと数多潮が連れ去る

朝昼晩料理作りてくたくたと妻がのたまうコロナ禍最中

わが孫は家族におやつ配り終え笑みたたえつつ自分も食べる

父母の眠れる墓に詣でたりあたり人なく桜満開

窓開けて今日の春風感じたく青空の下車走らす

午後の九時車通らぬ大通りコロナの波が胸内占める

年々に枝広げゆくさくら木に新芽見え来て時移り行く

生きるため食べ物求めスーパーに大きなマスクあちこち動く

集まりの延期中止の報続きコロナのおかげで孤独と遊ぶ

その思いうまく詠めずに二十年心足らずに金柑の照り

桜桃白き花咲き風に揺れ自己主張する朝の挨拶

春雨にどの人も皆マスクなり粛粛続く人の暮しは

スーパーに知人と会いて立ち話妻は和やか時は流れる

じじばばは孫と連れ立ち買物すばぁばになりし妻の貫禄

お迎えを待ってましたと走り来て胸にとびこむ孫を抱き止む

いつの間に本屋に代わりマンションが光の中の風景となる

年玉をもらい弾みしお正月思い出しては温かくなる

我を見てさっと逃げ出す黒猫の人間ぎらい吾の猫ぎらい

板屋根をたたく雨音聴きながら風呂に浸れり明日は日曜

若者は小走りに荷を配達す笑顔で接すプロ仕事ぶり

数台のパトカー停まりにぎにぎし緊張おさえそっと通過す

冬空に雲がゆったり動きいる自然も人も音なく進む

訃報受け乱れる気持ちおさえつつ連絡取りて通夜に出かける

デザートにいちごを見つけみんなして食べようと孫配りて廻る

叔父逝きて集う親族神妙に僧の説話に耳傾ける

午前二時目覚めて外を眺むれば月の光が高きより照る

年末のスーパー流行り男性も多くて店に熱気漂う

箒持ち集う師走の大掃除地域の人と絆深まる

冬晴れに和歌川河口干潟なりいにしえ想いたたずみ眺む

赤信号無視して走る車あり年の初めのマイナス気分

鈴木利一
Toshikazu Suzuki

或る講話より

平成三十年の六月だったと記憶しているが、長野県木曾町の林昌寺住職今井昌秀氏の講話を聞いた。氏はその中で「没蹤跡《もっしょうせき》」なる言葉の意を説いた。名声や功績にこだわることのない生き様であり、今やるべきことを淡々と行じる姿を評した言葉であるとのことで、この言葉は妙心寺開山である関山慧玄の生きざまを讃えた言葉であるとのこと。この言葉の意を聞いた時、眠っていた心の眼が覚めるようであった。

自分の歌の進むべき道の何たるかを、その言葉の中に聞いたのである。師から常々言われていた「歌を作ることは、己れの心を磨くためである」との言葉とともに。歌の道は行にも通づると私は思う。こだわりの心を捨て、先入感に捉われることなく、自らの心を磨いて行きたい。一生の業として。

十年前に受けた心臓の手術は、私に歌の道を口先ではなく、心で考えるように指向したと言っても決して過言ではない。

昭和25年、静岡県生れ。所属結社「かつしか野短歌会」。昭和45年に白秋門の加納久栄の「葛飾野」に入会。師の没後、誌名を「かつしか野」に改め、代表となる。その後、主宰。

はらはらと散り逝く欅の街路行けば捨てがたきことがこころ過りぬ

葉末まで朱の染み行く楓見つつめぐる生《いのち》の流動思う

夕暮れに富士の雪の嶺浮かびおり歌会の帰途三島に在りて

はだか木に留まりし枯葉を攫い行く木枯らしは梳く我がこころをも

秋の日を一葉一葉にまとい散る楓に一年の思いを辿る

昨日の風に白樫の実は落下して庭のはざまに転びたる秋

逝く秋を朱に凝らして朝の日を葉むらに投影《うつ》す楓もみじは

カーテンへ影絵のごとく投影りたる目白を見おり花水木の枝に

空を掃く孟宗に喧騒の俗界を忘れて歩む天竜寺へと
一幅の絵のごと苔へ落花せし椿は凝らす寺の静寂
人間の愚行を捕縄に捉えんと睨む不動に我がこころ見ん
価値観を一掃させるかウイルスの猛威は世界の人を蝕む
棚下へ差し来る光《かげ》に芳香を放散せしむ藤の房花
大仰に落花為したる紫木蓮は繰り行く季を庭に凝らしむ
光《かげ》と散り翳にしずもる山ざくら季の一日をこころにて見ん
緑なす花水木に生《いのち》の耀いを感じつつ術後十年を思う

微かなる風の清ぎをまといたる楓若葉の生を見おり

新しき装いとなりし手作りのマスクにウイルス禍の今を見つめん

葉桜の翳流れ行く用水路を目追えば田への引水の見ゆ

人の目を避けるごとくに庭のくろ雨に濡れ咲くどくだみの花

朝の日の浴みて眩きかえで若葉見入る足下にどくだみの花

制約されし人間世界を睥睨し憐れむごとき鳶のこえ聞く

帰宅せんとカバンへ仕舞うパソコンに忘れし語彙の増えしこと思う

下り行く磐田の丘より見はるかす家並に農地の減りしこと憂う

踏み爆ざす団栗の実に深み行く季見つめおり庭石の上
茱萸の木にからみて赤く実を爆ざす蔓梅擬へ初冬の風梳く
雲間より差しくる光を浮き立たす庭へ咲きたる白百合の花
棘多きレモンの葉むら飛び来たる雀と聞けり餅搗きの音
我の視野をはだらに閉ざし降り来たる風花に見ん泡沫の景
草ととも揶揄を畝間に埋めて行くにわか農家の冬の一日
降り来たる氷雨にかじかむ指先へ触れしか畝間の草のいのちは
歩くほど痺れ広がる両足に耐えきれず坐す川土手の道

飢餓の画へ食することの幸せをこころに留め食卓を見ん

はだか木となりし柏の枝むらにすずめは来鳴く寒気のなかへ

友の家の跡地との境に建つ塀はこころを隔つ思い出とともに

白髪の老爺がひとり鏡面に在りて己れの日日顧みん

「一生の業」と脳裏に描き置く歌詠みの道は深遠なりき

隣地との境を示す槙を伐るチェーンソーの音にこころ伐らるる

畑のくろ隠れ咲きたる茄子の花に新盆近き叔父を思いき

鮮明に胃腸を写す内視鏡画像に我の病巣見おり

我がこころ穿つがごとく高はらの雨は降り来ん木曾駒の宿

仄暗きこころの窓を開け放つ高原の朝は爽涼ととも

山法師の花ふるわせて高はらに雨は降り来ん幽邃の道

心電図の波形の乱れの無きを告ぐ医師に明日《あした》の予定を思う

何処にて大雨被害の出でたるや線状降水帯の位置を我見ん

光ととも里芋の葉に転びたる雨水に捉われのこころ思いき

朝の庭飛び交う蟬を避け行かん短き生の宴と思えば

藪枯らしに覆われ育つ渋柿に息苦しさを覚えたる畑

何処からか金木犀の香り来て祭礼の日の近きこと知る

暑き夜の無辺な空《くう》に存在感示すか赤き火星の光は

「今を生きる」思いのなかに我は居て癌病む友の現状《いま》を見つめん

流れゆく花火の煙に朦朧と月かげの見ゆ寂しさとともに

戸惑いを覚えつつくしゃみを為す我へ犯罪者のごと人の視線は

こころ深く突き来る花火の轟きはウイルスに峙う人を鼓舞なす

鍬の柄に留まりし雀は疲れいしこころ憩わす昼餉の畑

ゆるやかに流るる天竜の川の面へ裡なる流動の激しさを見ん

仲 つとむ
Tsutomu Naka

短歌をぶっ壊す

京都東山、あの世とこの世の境界といわれる六道の辻に「幽霊子育て飴本舗」がある。この店の由来は、身籠もった女性が亡くなり埋葬された後に出産、母親は幽霊となって夜な夜なこの店を訪れ一文ずつ飴を買い、生まれた赤ん坊を育てたという四百年以上も前の説話に基づくもので、今なお由来の店が現存することは凄いことである。京都は長い歴史があり、華やかな宮廷文化や閉鎖的ともいえる庶民の暮らしがあって独特の文化を築いた。この文化があるのは良いことだが一方、先進的な考えや行動の妨げになったことはないだろうか。

短歌も和歌の時代から、現代まで多くの歴史を経て今があり、それは凄いことだが同時に厄介で煩わしいことでもある。かってある総理が「自民党をぶっ潰す」といって注目を集めたことがあったが、短歌も伝統が大きな足かせになっているとも限らない。「短歌をぶっ壊す」そんな歌人が出てこないかひそかに期待している。

昭和8年京都府生れ。本名・仲 務。昭和30年「日本歌人」入会、その後休会。昭和60年再入会。平成5年日本歌人賞受賞。現在、選者、編集委員。歌集『音霊』。

鶯の初音聞いたらメールせよ　約束の駅まで必ずゆくから

あづきいろの豌豆ご飯食べてゐる　やさしいひとのゐる世と思ふ

外出を控えをりしに子供来て　孫きて子がきて　また子供くる

青い空、あさがほ、ひまはり、さくらんぼ二歳児の夏はゑのぐがゆたか

もう夏かテンポ早めて地球が回る　やらない、できない、ことのふえたり

むかしむかし敵国語といはれたカタカナ語　コロナが好きでやはり敵国語

コロナ禍《か》か　それもいやだがカタカナ語　説明をする、命令もする

光冠《コロナ》といふ　冠の似合はぬ狼藉者よ喋るな　触れるな　集まるなかれ

おとなりは在宅勤務となりたるか　このごろ旦那と挨拶ふえる

二兎を追ひ一兎をも獲ぬ国に生き　ふとりゆくもの、ほそりゆくもの

酔へばまた非常事態を思ふなり　欲しがりません　外出しません

差別生む「夜の街」といふ言葉、簡単に言つて欲しくはないが

GoToの煽《あふ》りに同化の同窓会　ふるさとゆきの電車に乗りて

改札を通ればふるさと麦ばたけ　はなたれ坊主に初期化されゆく

「あの頃は……」昭和の言葉の同窓会おなじひもじさがみんなを繋ぐ

カットグラスにそれぞれの過去写りたり　むかしガソリンカーの駅舎もありて

あひみてののちのこころに見るさくら万朶の言葉に胸あつくする

身代はりの形代《かたしろ》小川に流したりまだ人恋を知らぬ人形

身を熱く「魔《サ》女の夜《バ》宴《ト》」読み終へ　息あらし　いつまでわれはけものなりしか

比叡の雪、湖水の碧《みどり》、菜花の黄、いづれも琵琶湖の早春《はる》を彩る

永からぬいのち惜しみて咲きつぐか空間格子の桔梗むらさき

あぢさゐが雨を欲しがる真昼間の日照りの暗部に寂しさが棲む

素描なる農婦の木綿のむらさきの匂へば女は　もとのやさしさ

単衣着て踏み切りこえて来し姑と、蛍の呼吸で言葉交はせり

鋭角の言葉が胸につきささる　嫌はれてゐるのかな　梅雨まだ明けぬ

白神山地《しらかみ》の橅に耳あて密かなる水流聞けば　空飛ぶピカソ

「厄除けのお守りこうておかえりな……」幼女《をさな》ら唄ふ祇園会《ぎおんゑ》の宵

はじまりはICOCAを忘れて来たことで夏の暑さが不機嫌にする

晩春の無花果ケーキはイチジクの味がしてゐる　時節《とき》でもないのに

初夏《しよか》の陽はアトリエに射しイーゼルの影は円き柱に　疲れ

あめんぼが遊んでをりし水溜り　消えしはいつか　村も消えゐて

朝方のほしいままなる色香すて　昼の朝顔は昼の顔する

朝露をとどめて危ふし露草の均衡が保てる青き　朝露

転生し大空《そら》になりたしと言ふひとの星との交合美しからむや

宿題は解けないままのはうがよい　まだ時計草が咲いてゐるなり

二十年たちし酔芙蓉は酔ひどきで二階の窓からわが部屋覗く

月下美人さはに開きて美人殖ゆ　されどやつぱり笑顔がいいな

鈴なりの花梨は無邪気　おたがひに果実ふとらせ距離ちぢめたり

古き日の踊り唄をかなしめり　荒ぶるものを祖父の代に捨つ

みだらなる午後をすごせりそよ風が意味在りげなり　部屋を出てゆく

駆けゆきしけものは何を嗅ぎたるや総身をぬらし　朝帰りする

道ばたに一本の木切れありたれば蛇となるまでをしばし見てをり

ガキのころ知りし射的の愉しさに悪事やさしくわが身に入りぬ

カーディガン一枚羽織れば秋深む　再生工場にすてしは三角、四角

今日よりは冬と呼ぶなり着替へするシャツの釦の多くなりたり

亥の子唄「とをかんや藁鉄砲」の遠ざかり　町の辻にも冬がきてゐる

こんな雪　はじめての経験といふ雪だ　赤いスカートの少女すぎたり

理由《わけ》ありの林檎を購ひぬ　深夜にはわけあり林檎のつがる恋ふうた

湯ノ花を風呂に溶かせて冬の夜のわれはのびのび北国にゐる

多人数束ねて決めれば正論か　回遊魚は群れなして泳ぐ

藤井棋士も沖縄の鉄血勤皇隊も　ともに　十四歳の少年にして

輪廻するなら　鯰《なまづ》ぐらゐが丁度よい小さな池に髭を生やして

遠く来し菅浦ここは隠れ里四足門がかまへてをるぞ

菅浦を訪ねてゆけば風もなし　天平宝字の哀話をきけり

折々に見上げる空が窮屈に　歳をとるたび視野せまくなる

万華鏡のなかに星を棲まはせてわれはやさしき童話を書かむ

中島雅子
Masako Nakajima

独り宴

疎開後逗留の有島生馬と弟子源川雪、山岳画家荻原孝一と東天狗岳を描きに行ったのは十八歳。緑池からの山容に魅せられ、以来山は指呼の存在として在る。夫の早世による二者択一の結果の短歌は、非情にも手強き存在ながらいま、最高の伴侶となって五十年を迎える。

思えば、一九四八年六月十九日朝の玉川上水縁りの死者太宰治との遭遇、登山二ヶ月後の新燃岳の噴火、かの中村哲医師との一期一会、太田青丘・絢子師との中国十三日間の旅、伊藤一彦先生夫妻との山の花旅をはじめ総て短歌に関わって多くの師友に恵まれた。即ち人生のフロックとも言える幸運である。導かれた歳月の山旅も、仰ぎ表現する指呼の日日である。改めて恵まれたこの自然のひとり「地《つち》の人、風の人」としての生きと表現を心していきたい。

地球温暖化による異常気象の年年、突と出たコロナウイルスの世紀のパンデミックの日日を「歌の深さは思いの深さ」とし「いま何をどう詠うか」辛くも足りの独り宴である。

昭和 9 年、長野県生れ。所属結社「白夜」「潮音」。昭和 63 年白夜賞。現在編集委員・選者。「潮音」幹部同人。葛原妙子「をがたま」に参加。長野県歌人連盟幹事。日本歌人クラブ会員。

きみに告げむことばは空に炎して山の端くらき一本の杉

「立て塩」といふ塩梅を七草の粥炊く厨に湯気満たしつつ

小海線左右の樹氷だ朝の日に煌めいてます　小中《こなか》英之さーん

冬の樹の黒き幹こそ愛しけれ抱く我はもいだかれてをり

星の呼吸数へてやゐむ少年にこゑ掛けたきをじつと堪へて

鳥になり逢ひにゆく日の猛吹雪翼といふは濡れやすくして

ユトリロの壁のやうなる傍行き傾いてゐる体とこころ

回転し大きく深呼吸するごとくひとつ回りて独楽倒れたり

シングルと言はれメリーウィドウと呼ばれ鰯一尾焼きて夕餉す

月を見て眼閉づれば見ゆるかな月の面に砂が崩るる

飛ぶ鳥を真似ては試行を繰り返す二月の家鴨を見て去りがたし

首《からべ》のべ青鷺とほき方を見るその視野の先フクシマ吹雪く

風の野に眼を凝らすとき視ゆるなりピカソ描ける「ゲルニカ」の図絵

被爆と被曝の異義語りをり八ヶ岳麓の村の小さき歌会に

ドクター・ヘリ、あれはファントム　欹てて見る空の海夕茜雲

敗戦の昼を鳴きゐしみんみんを耳に飼ひゐてわが夏の森

折に触れ熱き念ひの立ち上がる脱・原発代々木集会（平24・7・16大江、寂聴、坂本に参加）

空を截り玄鳥がゆくそのひかりふくらむ山の緑に吸はれ

ののはな、はなのののはな　風に吹かれことば遊びを誰かしてゐる

天も地も人のこゝろさへ光りゐて垂れ彼岸が村を彩る

閑吟集の真名序をこゝろにして読めば鴉がひとところ範を垂れゆく

山の傾りに花辛夷咲き自らの性に目覚めし少女よ　ごらん

うたつてゐたのか鳴いてゐたのか揚雲雀われの原野を発ちゆきしまま

丸木橋渡つてきみに駆けゆける記憶の森の眩しき四月

山腹の一メートル四方の野天風呂「三国一」とふ　浴びて花嫁

父なる山、母のすがたの朝の山とほく近く郭公の鳴く

高妻山の陰よりはつか顔を出す乙妻山を好きになりたり

あしびきの山「足痛《び》く」とふ説耳にして弓月嶽　とほき夏の日

桜井市巻向山なる弓月嶽雲は晴れしか索麺うまし

「ものなにか悩めるものの相《かたち》して」葛原妙子の詠みし浅間嶺

遠見尾根いのちの歩歩を来て突とヒロシマ、ナガサキそして沖縄

岩の裂け目に藍灯しゐる岩桔梗生きてゐるとはかくありたきに

山小屋に踏ん張つてゐし突支棒徳本峠《とくごうとうげ》はもう雪だらう

総身を炎と立てる山巓の愛染明王忘れがたかり

こゑ尽し呼び根限りおもひゐるに山といふは手強き存在

ああ唖唖と鴉は鳴けど端的に「愛す」といふはこだはり多し

傘持たずパピプペポと出で来しがバビブベボと濡れて帰り来

梅雨豪雨樹海の底に長く坐し天つ光といふをおもへり

コロナ禍に北アの山小屋閉ぢられてかの鯉幟よまならうらに浮く

さう言へば「せちは五月にしくはなし」清少納言よ復誦しをり

敵、味方、人種差別なく感染《そ》まるコロナウイルス日日の蔓延

鍬の手を休めて不意に風に問ふパンデミックの収束は何時

さみしさにごろんごろんと鳴る身体ソーシャルディタンスなんて言つても

ゆふがほのしらはな残花目に沁みて友のゐまひに訣れといふは

「存在はつねに裡に棲みます……」と伝へたりしが終のことばに

〈さびしくも眼をあけるかな〉若き檸檬搾りゐたれば啄木まみゆ

桃、ぶだう、プルーン、林檎……歳月に木木の生むもの何れもまろし

「ひと恋ふは至上の宇宙感覚」と言ひしが父よ　眩暈ひはじめぬ

いつだつて舟はをみなご来る筈のなきひとを恋ふ月に濡れつつ

「もう寝ます」だあれもゐない雪の夜を私はだれに言つてゐるのか

滅入る日はかみしめ回想せよといふ『孤独のすすめ』にけふ君のこゑ

孤独とは或いは充足　こんなにも冬空あをく沁みるのだから

風光る日日を目覚めてゆくものら眩しもまぶしき眼をば閉づ

春泥をまたぎ越ゆればきみの住む街とはいかぬ　きみに幸あれ

何と藍い空だらう鹿島槍岳双耳峰　そろそろ星が瞬く頃だ

「山は恋人」いくたび声にし呼び来しが山よ翳るな空の奥処に

仲田紘基
Koki Nakada

祖父の歌

虫干しをしようと、先祖から伝わる古い本を片づけていたら、思いがけず祖父の作った歌が見つかった。

　おともなくふるむらさめにわかまとのかへてのわかは
　　みとりした丶る

昭和六年六月発行の、その名も『歌』という「大日本歌道奨励会」発行の雑誌。祖父が歌を詠んでいたらしい話は聞いたことはあったが、こんな作品を雑誌に残していたとは。どうやら「高尚なる趣味」としての歌の普及を目指した団体の機関誌のようだ。

実は、私は祖父を知らない。生まれたのが祖父の亡くなった一年半後だからだ。七十五歳まで生きた祖父の年を私はすでに過ぎた。歌風も違うし目指す方向も違うのだが、時空をこえて歌について祖父と語り合えたらさぞ楽しいだろうに。そんなことがこのごろしきりに思われる。

　祖父に似し性《さが》と言はるる寂しさよ祖父すでになき時に
　　生まれし

昭和 17 年千葉県生れ。所属結社「歩道」。昭和 38 年、佐藤佐太郎に師事。平成 24 年度「歩道賞」受賞。「歩道」選者。歌集『追憶岬』など。現代短歌協会会員。

をりをりの口論さへも戯れに似て五十年共に生き来し

病床に目覚めたるとき部屋隅に付き添ふ妻の寝息の聞こゆ

看護師の戻り来るまで数分の夢にて教室に授業してゐき

たわいなく食事待ちつつ時を遣《や》る退院の日の間近となりて

小出輝雄氏

梅咲ける里に住む友いろりにてかきもちを焼き振舞ひくれぬ

山羊《やぎ》に餌をやりつつ友は縄文の世へのあこがれ語り続くる

大島伸三氏

斎場に見れば悲しみの極みにて君が孫子らと遊べる写真

西澤悟氏

対局をせし日懐かし祭壇に置かるる君の遺品の碁盤

山田清氏

わが喜寿を祝ひ百まで生きよとぞ励ましくれし友も逝きたり
また一人友の逝きたる寂しさに耐へるほかなしなほ生きるべく
亡き父の縁にて葬儀にかかはれば父の逸話をしばしばも聞く
装ひて緑まばゆき庭あゆむ令和元年五月の皇居
お姿の見えねど列の後ろにて気配を読みてわれも礼する
シャンデリア灯《とも》る下にて賜りしお言葉はわが心にぞ沁《し》む
わが前を歩まれ過ぎし天皇の靴音親し春秋《しゅんじゅう》の間《ま》に
結婚式より五十年着飾りし妻と並びぬ勲章付けて

佐藤美小王氏

わが叙勲祝ひくれたる友よりの「越乃寒梅《こしのかんばい》」惜しみつつ飲む

はやるわが心しづめて家を出づ探し当てたる古書求めんと

古書店に長き歳月埋もれゐし稿本「いきほひ」今し手に取る

百枚を超ゆる和紙にて毛筆の茂吉《もきち》の歌稿畏《おそ》れつつ繰る

疑はず勝利を叫ぶ開戦の歌むなしけれ顛末《てんまつ》知れば

わが生《あ》れし時代哀しも茂吉さへこびるがごとき歌を詠みにき

時勢には逆らひがたくみづからを鼓舞したりしか人間茂吉

戦時ゆゑ未刊に終りし稿本に茂吉の蔵書印残れるあはれ

台風の進路予測に身構へて待つのみにわが心疲るる

風速に耐へ得ず庭木折るる音午前三時の臥床《ふしど》にひびく

暴風のいたぶるまにま裏山に杉倒れたる音の響き来

裏山に倒れ裂けたる杉あまた荒々しけれ台風すぎて

強風に落ちしポポーやキウイの実よけつつ歩む玄関出《い》でて

停電の四日続きて台風に荒れたる庭にすべもなく立つ

ベトナム・カンボジア

乱気流によりて機内食飛び散れば棚よりジュースの滴したたる

わが船に乗り移り来ていとけなき子が缶ビールなど売りはじむ

幅広き川に榕樹《ようじゅ》の並み立てるあたり乾季は道になるとぞ

水上の暮らしが見えて家のうち揺るるハンモックに人の寝《い》ねゐる

立ち寄りし水上市場の片隅の淀《よど》める水に鰐《わに》の飼はるる

地震なきゆゑ千年を保たれて石積みし塔空にそびゆる

アンコールの柱に残る落書きも歴史となりき四百年経て

アンコールの遺跡に会ひし僧の列まじる少年の顔のりりしく

一週間ぶりに帰国し聞くニュース被災者二百人すでに亡しとふ

中国

シルクロード走る車内の明るみて右も左も菜の花の原

見る限り発電風車並び立つ砂漠をよぎる敦煌《とんくわう》近く

千年の闇に浸りて仏像の声なくいます崖の洞窟

鳴沙山《めいさざん》を背景とせる野外劇らくだ数頭がわが前歩む

日常をのがれ来りし武陵源《ぶりようげん》の谷こめて湧く霧の中に立つ

わが前の霧ひとところ晴れゆけば少数民族の集落の見ゆ

三億年前は海とふ山頂の敷石に貝の化石踏み行く

谷底より三百メートルそそり立つ岩の柱に松の木の生ふ

「アバター」のロケ地の崖に怪鳥の像置かれをり馴染《なじ》むともなく

安らけき異世界ありや幽谷の空翔《かけ》りゆけわれのアバター

十二月の成田を発ちて妻と来しセブ島の暑き渚《なぎさ》を歩む

手をのべて金を請ふ子ら寄り来たるサント・ニーニョの教会の前

マゼランの果てしセブ島の教会にミサありてその歌声聞こゆ

ロボック川下り来たれば岸辺にて歌舞などを見す船に向かひて

電気さへなき家もあるボホールの島山に数羽の鶏遊ぶ

たちまちにスコール過ぎて海光る岸のホテルにビールをぞ飲む

いささかの慶事もありてセブ島に二人の喜寿の年を逝かしむ

中埜由季子

Yukiko Nakano

生活のなかの根

人にはどうしても通らねばならない道があるらしい。至らないながら暗中模索に生きて来て、もう大変。コロナ禍との遭遇です。新型コロナウイルスが猛威をふるい日本を巻き込み世界中が苦悩、外出自粛を余儀なくされる日々が続いています。ウイルスという見えない敵を見つめながらのこの時期に今、改めて短歌という芸術がわが身の内に豊かにも楽しく、熱く息づき根を張っている！　ことに気づきます。この執筆を機に、過去の一つひとつの断片が哀切に、お世話になった方々への感謝と共に蘇るのです。

今回は、平成六年第四十回角川短歌賞を光栄にもいただいた折、選考委員でいらした岡井隆先生、馬場あき子先生に秀歌と評され励みとなった〈ヨシガモの鳴きて時間の揺らぎをり北山しぐれ去りし紺の夜〉の入るありがたい記念の第一歌集『町、また水のべ』の一部をここに収めました。集は若い日に薬剤師として病院薬局にはたらいた果敢ない記録です。

昭和 20 年、高知県生れ。本名：公江（きみえ）。所属結社「歩道短歌会」。第 40 回角川短歌賞受賞。

君の呼ぶやうにきこえて振りむけど青草の原風光るのみ

まだ小さき銀杏の青葉告げざりし言葉のごとく岸辺に光る

川底に緑銀の魚見ゆるまでひえびえと射す秋の朝光《あさかげ》

秋みづを呑みこむやうに洗ひたるわが顔あをくひと日始まる

ほのあかき錠剤わかつ分包機わが手のほてりも共に閉ぢゆく

拒否反応しめして奔る鮮紅色検体液Bは意思噴きあぐる

あたたかき朱と思ひて近づきしかまつか激しく傷みつつ咲く

ヨシガモの鳴きて時間の揺らぎをり北山しぐれ去りし紺の夜

底冷えの秋の夜ふけて町なかをはしる川音鮮明となる

雷鳴の遠ざかりつつ糖蜜のいろ透明に冴えゆく夕べ

みんなみの潮に揉まれておほらかに育つ珊瑚を夜半に思ふも

つたなくて理解されざる吾《あ》のごとくみゆる残雪峡田に凍る

篁に夕べの風のつのる音焔激てるをとと思ひき

黙しがたき想ひを黙しつつ生きて水仙の花かたむき咲く日よ

夕空にまぎれんとしてかのビルの非常階段はいま紫紺色

青リンゴ一果を割けばぴしぴしとたつ音さやけし雪の朝に

わが耳のしきり熱しと思ふまでキリン草もゆるうへを吹く風

夕ぞらに白鷺の道あるごとく一直線に帰りゆく見ゆ

黄濁に日昏るる街のいづくにか声を拉がん恐怖の潜む

侵略の文字削られし教科書に学びてわれの歴史あやふし

明方のさむき光の壁鏡にひとを怖るるわが顔うつす

ゆりかもめが若きゆりかもめ襲ふさま見つつ帰り来寒くもあるか

窓口に患者の一人来しことをきつかけにわれの仕事はじまる

この夜ふけわが量りゐる劇薬に危ふき命よみがへるべし

煮薬《にぐすり》のガスの炎にたつ香《かをり》夜明けの風に運ばれてゆく

遠雷の轟きやまぬ雨夜にて薬剤こねるてのひら熱し

轟々と地下二次元に消えてゆく水音くらきこの露地みたす

夕暮るる店内の灯に銀の壺一つしづかに光を乱す

寂しさの集約のごとわが瞳しきりに乾き街うらに居き

氷《ひ》のごとき硝子の器磨く指たちまちにして深紅となる

分包機の音やみしときききさらぎの空に雲雀の鳴くこゑ聞こゆ

いづこより吹かれ来たりし山茶花と梅の花びら窓に乾ける

夕茜《ゆふあかね》射しとほるとき匂ひたつ水薬剤の鮮《あたら》しき黄は

処方薬四千五百包積まれたる夜の卓上に満つるしづけさ

蕗《ふき》の薹《たう》こぞりて光る水のべを夜勤明けたる夫が帰りく

めのまへに薔薇の蕾のゆれをりて遠くの風の音がきこゆる

雪ぐもを洩るる光に癌病棟這ふ蔦蔓の錯綜あらは

目守り来し患者の媼の全快を夕べ処方箋に知りてうれしき

鴨川のみづ茫々とにごりつつ雪暗き風ひすがらつのる

わが丘の町去りゆきしおほかたは西陣織業不況ゆゑとぞ

雪洩るる春のひかりは橋脚を照らし雪解の流れをてらす
ひとときの風渦まきて幾千の梅の花にほふ濃密に逢ふ
病む父のしばし眠れるかたはらに堪へゐしひとりの涙をおとす
この丘に垂れゐる雲に冬の雷こもり鳴りつつ朝明けんとす
容赦なき病魔にくるしむわが父よ意地つ張りのわれを庇ひてくれき
病む父の古りし日記を胸に抱き睡りつつ聴く地吹雪のをと
崩れんとする冬薔薇はいましばし夕凍雲の反映のなか
おもむろに花びらふるふ冬薔薇の内部ひかりて立つ風の渦

わが量る散薬光りてこのあした窓は立春の風にとどろく

月光の照りゐる廊下よぎるときわが少年のため息聞こゆ

ひとときに吹雪の渦を噴きあげてわれをいざなふ二次元の闇

悲しみの響《ひびき》をまとひ夜の闇に速度高めてゆくバイク群

部屋にこもり本読みふけるわが夫を遥けきものと思ふ日すがら

諍ひをつね退ぞけて生活を単純化して母の日々あり

進級試験終へ帰りきて睡る子の足裏灯下につやつや光る

青あをと映像の地球輝ふはいま雲の渦はなれしならん

長町昭子

Akiko Nagamachi

楽しく作歌百歳まで

私の曽祖母・祖母・母は歌を作るのが好きだった。幼い頃から母が作った歌を聞かされて、歌のリズムが身体の中にあり、中学生の頃から折に触れて歌を作っていた。母の本棚に＊京城第一高女の卒業歌集ゆく春があり、高一の折、肺浸潤と肋膜炎で一年休学の時に読み感化を受けた。不思議な偶然であるが、母が女学校で歌の指導を受けた国語の先生のお嬢さんと大学時代、東京で教会を共にし、結婚しても子供を連れて行ったり来たり、泊り合ったりした。先年亡くなり残念。『昭和万葉集』の「遊びいる子を呼び寄せて手を握り静かに父の戦死をば告げぬ」はその道久友子さん、母が尊敬していた。私は今八十四歳であるが、信仰と短歌に支えられ、あちこち持病はあっても心は元気で、何時も前向きをモットーに生きている。「お元気！」を回りから言われる。三宮で沖ななも短歌講座を開いて頂き、楽しく歌の勉強をしている。又、共に歌う会にも月二回を二ヶ所行き音大出の先生に導かれて。

＊京城―日韓併合時代のソウル

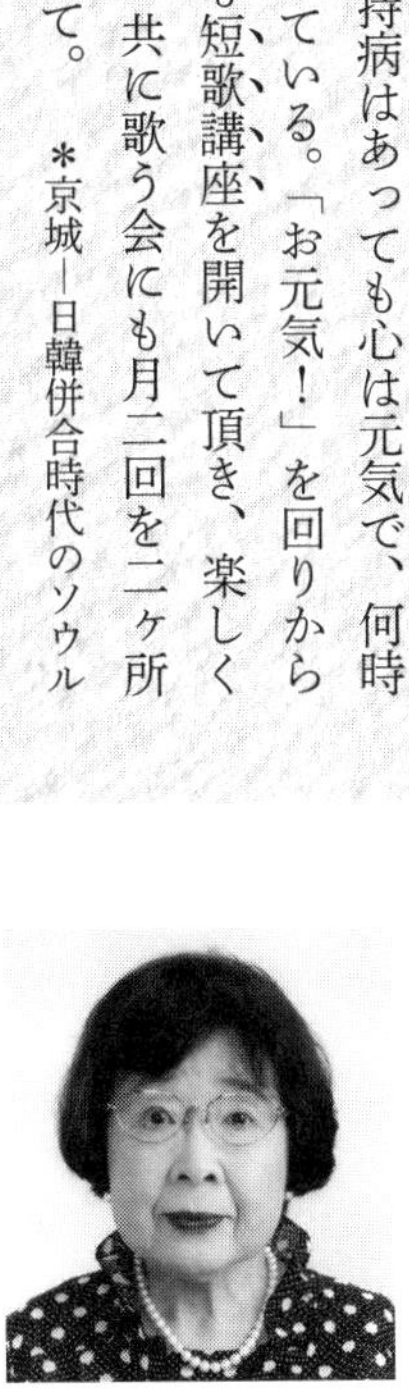

昭和11年、香川県生れ。所属結社「熾の会」。昭和61年「個性の会」入会。加藤克己に師事。平成16年「個性」終刊により「熾」創刊に参加。沖ななもに師事。歌集『冬の虹』他合同歌集。

髪につく花びら取らる桜樹の下蔭歩み帰り来たりて

花冷えの夜半猫小屋に湯たんぽを　昨夜《きぞ》で終わりにせんと思《も》いしが

ふるさとの桜花の記憶よ　ぼたん桜父の診察室の東側に咲く

油断すれば猫がかくれる程に伸ぶ雑草の勢い吾の衰え

朝光《かげ》に金雀枝《えにしだ》の黄の輝きて今日を生きゆく元気を貰う

五月五日昼スパゲッティを喜び食みて午後四時頃に突然倒れ

救急車急ぎ呼びしが連休で遠き受け入れ病院へ着く前に果つ

神戸大学の解剖の結果は虚血性心不全血栓が心臓につまっていたる

電車の席で涙にじめば上を向きこぼれぬように広告を見る

人生の最大の悲劇夫《おっと》の死「主は与え取り給う」ヨブに慰めらる（ヨブ――旧約聖書ヨブ記の主人公）

若き日に浅野順一《あさのじゅんいち》先生に説かれにし「汝らの新田を耕せ」いざ耕さん（汝らの新田～旧約エレミア書）

「病気沢山持つママのため」ネットで住宅見つけくれし長女《こ》

「天国でお吹きなさる」と尺八を父の柩に入れし母はも

スマホのライン娘らと三人《みたり》で繋りてありがたきかなこの文明の利器

主イエスと天上の君に見守られ喜び生きん召さるる日まで

戦死の父を喜ばさんと現役で東大文一に入りし友M子

月二度の歌う会へ二ヶ所計四回共に歌うは最高のカタルシス！

慣れぬ手で母が育てし戦時のきゅうりふと思いつつサラダに刻む

鎌倉の約六年引き五十五年ともに住みにしこの古家《ふるや》はも

あちこちに君の思い出つまりおり「おい」という声聞こえて来そう

朝夕に君の恋しく涙こぼる下のまぶたのしわしわとなり

夫《おっと》逝き四月《よつき》を経たりロンドンの娘《こ》東京の娘《こ》の夜々《よよ》の声かけ

わが帰り待ちいる君はもう居ない二匹の猫がマンションに待つ

霧ヶ峰一台にて３ＬＤＫが冷え涼しく過ごす神の賜物！

「岩根絞りひとつ咲いたよ」君言いし去年の三月　逝きて一年

ふと見れば茅花ほあほあ揺れておりバス道の左右《さう》ほあほあしらしら

朝なさな水やりくれし君逝けど空き家にほっかり桔梗が咲けり

台風の予報なれども教会へ礼拝にて生きる力与えらる

「長町さんお元気！」夫逝きし悲しみの中信仰と歌作が吾を支えくるる

舞子墓園の教会納骨堂《のうこつどう》にお骨納む納骨式は寂しき儀式

いただきし今日の幸い数えつつ感謝に満ちて眠りに入らん

「老人ホームに？」「いいえ高齢者マンション一戸借りているの」

うつそみの君の声にて目覚めたりソファでぐっすり午後の旨寝《うまい》より

猫二匹が庭遊びの出来ぬ故69・9㎡を走らせなければ

痛みに耐うる友にせめては送りたし音色やさしきハープのテープ

爆弾があられのように降る映像遠き日故郷にも落ちて怯えき

ぬばたまの黒猫アポロをアッチャンと呼び愛《いつく》しむロンドンの娘《こ》一家

帽子編むわが両脇に猫侍り至福の時が流れゆくなり

わが膝を猫の母子《ははこ》が取り合いて負けし子すねて餌食みに行く

朝七時出でて全国《たい》研修会《かい》で居眠りす勿体なきが睡魔には勝てぬ

駅前のデパートとモールをカート押しぐるぐる回り五千歩達成す

君の写真あまた飾れる壁を前に思い出を糧とし生きる吾はも

声たてて泣きたけれども耐えて来ぬかなかなよ鳴け存分に鳴け

ロンドンの娘一家来高《く》二男子焼肉三人前ぺろり平らげる

もと野良猫《のら》のママ三毛は人間不信わが家で生《あ》れし咳子はのほほん（咳子――赤子の時咳していたので）

「花見は何処に」君問いくれぬ　逝きて二度目の春めぐりくる

東灘のかかりつけ医は遠くとも甥の同級生で温《ぬく》く優しく心も癒さる

「ママ長生きしてね　エゴマ油はオメガ3を含む一日小さじ一杯を」

英国で栄養学修士を得たる娘《こ》は食物の科学的説明を吾《あ》に為《な》しくるる

甘党の君とよく来しケーニヒスクローネ今ただ独り抹茶ゼリー食む

転勤にて約六年を鎌倉山に短歌に会いしは大いなる収穫

五年前さらわれ行きしキジネコが旧宅へ帰る　何たる奇跡！

あかねさす真昼間電話くるる長女《こ》はオンラインにて在宅ワークす

コロナにて新しき働き方浮上せり既成概念打ち破るや良し

くちなしの花きらきらと朝光《かげ》に輝く向いの低き生垣

あな哀《かな》しあらゆる治療の甲斐もなく死にてしまいぬ咳子よ咳子

冨貴高司
Takashi Fuki

歌集『向日葵の種』を起点として

短歌の魅力は何と言ってもその自由度の大きさにある。一首三十一音という基本も、それを妨げるものではない。連作という手法もあり、創作を志す者にとっては格好の文学の器であり、形式である。若い日に埴谷雄高に魅入られて以来、小説を書いてきたが、その後、丹後の古代史と民俗学にも開眼したことで、谷川健一の『海の夫人』に遭遇し、改めて短歌の可能性に挑んでみたいと思うようになった。拙い限りではあるが、今回冒頭の連作十首による二編は、ふるさと丹後を舞台にした短い物語の試みである。いま短歌と小説は、わたしにとって創作の両輪である。時間的な制約から、小説から短歌へ言わば避難していたが、その必要がなくなってきた。短歌と小説という両輪を回し、両立させて前に進むことが出来そうである。令和元年に初めて上梓した歌集『向日葵の種』を起点として、引き続き作歌に励み、大輪の花のような第二歌集への結実を目指したいと思う。

昭和 25 年、京都府生れ。本名・水野孝典。所属結社「熾の会」。京都歌人協会、現代歌人協会。佛教大学大学院修士課程修了。現在、京丹後市議会議員。作家。日本ペンクラブ会員。同人雑誌『多島《たとう》海《かい》』主宰。歌集に『向日葵の種』。

一　春雪の天橋立幻想　十首

一頭の駿馬は春の雪山へ日の暮れどきをひたすら駈ける

中腹より雪の深きもなんのその健脚たのもしぐいぐい登る

橋立を眼下に望む山巓《さんてん》に春の新雪月下に輝く

倒れ伏し阿蘇《あそ》海と与謝《よさ》海とを分かち来し天の橋立いく年を経る

春雪の人跡未踏のいただきに男の子は天《あま》と女の子は海《あま》と

いざなへる海の求めにひとたびは怖れ拒みて後ずさる天

海
汝と吾ひとつなりしを忘るるか遠き神代のわれら若き日

天
忘れじよ天地《あめつち》いまだ混沌と吾と汝とはひとつでありし

立ち上がる天の求めに燃ゆる海　星辰みまもる己巳《つちのとみ》の日

天と海　溶けあふときに橋立は天地かよふ梯子となりぬ

二　桜の伊根浦幻想　十首

出逢ひより十歳の月日重ねきていま伊根浦に春はきたれり

おぼろなる望の月光《かげ》波の上に円くなりたり崩れてゐたり

岩陰に咲きける桜そよ風に散るを惜しまず水の面に落つ

港江の岸辺にふたつある影の動かず寄らず黙してをりぬ

月光のひとときは冴ゆるひとときにふたつの影は人の形《なり》なす

この夜まで長くもながく待ちしゆゑいまこの時の信じがたきよ

水の面に崩るる望の月の光ふたりの時もはかなかるべし
思ふまじ明日のことは　思ふべしこのひとときのさいはひなるを
手をのべて手に手をとらばおのづからまなことまなこ近くなりぬる
月光のひととき消ゆるさいはひを桜はなびら重なりあひぬ

◇

わが胸ゆころがり出たるウイルスか人々殺め仕事を奪う
人の世を遠く離れて沈黙の春は来たれり獣は唄う
家いえに閂《かんぬき》かけて閉じこもる　アメノウズメの出番はなくて
自粛から委縮へ続く意欲たち外への一歩躊躇している

二メートル離れて愛しエアーハグ　もっと離れて想像ケッコン
ソーシャルディスタンスだって　いやあだねソーシャルダンスしませんか君
コロナなど知らぬ知らぬと夏雲が悠々ゆくぞぼくんちの空
暇つぶししてはいないさ　一本の少女のペンは白紙に向かう
歌を詠むきみの頭上にカモメ群れ寿ぎながら立岩《たていわ》めざす
潮風に不意に空舞うきみのメモ追えば追うほど遠くへ逃げる
柔肌のふくらはぎもて走るきみ浜砂荒くきしみ高鳴る
潮風の思うがままにもてあそぶきみの黒髪海神が恋う

恋われても決して諾うことはない海のいのちは永すぎるから

唄い終えなきがらひとつ貝一つ砂粒ほどにあまりにちさし

寒風のすさぶ荒磯《ありそ》に黒き影さては岩海苔摘める姿や

かじかめる指を荒磯の岩に立てひと掻きに摘む海苔ははつかに

腰に下ぐる竹籠ひとつその底に岩海苔の嵩いくばくもなし

なにゆえに荒磯に立つや　誰がために岩海苔摘むや　応《いら》えウミネコ

真冬日を幾とき重ねてこの嵩を摘み集めたる海の幸草《さちくさ》

摘み採りし間人《たいざ》の冬の岩海苔を幾重かさねてこの一枚か

冬の陽をあまた浴びにし岩海苔のいま海の子は固まり睦ぶ

図らずも拙きわれに幸草を海の夫人は恵み給いし

てのひらに重き一枚輝ける熱き想いのその厚き海苔

すめらぎも召したまわざる厚き海苔おそれかしこみ千切りつつ食ぶ

令和元年　城南宮秋の曲水の宴　参宴献詠歌　お題「稲穂」

大君の御代の弥栄言祝ぎて御田に波打つ黄金の稲穂

令和二年四月　城南宮　披講祭　献詠歌　お題「やまとふみ」

生れましてちとせみほとせやまとふみ国のもとゐを顕しつづく

赤錆びた郵便受けは幾年を訪れ待ちし　開ける人なく

ころころとローラースケート鶺鴒が路面を滑るつがいで停まる

花たちのおおかた逝きし人里に皇帝ダリアのさびしき孤高

部屋の灯を消してスマホに向かうとき羽持つ小虫覗き見にくる

絵日記のフェイスブックに私生活連ねて見せて　蜘蛛の巣の上

はやすでに壊れ始める惑星か霊長類の退化《しんか》に飽きて

知らぬまに重ねる齢おそろしき暮らしの底へ日に異に沈む

朝夕に見えぬまま積む塵、埃　遠い未来に令和の地層

歳ばかり重ねてなおも青二才　歳同一性障害つのる

念願の叶いし明日向日葵の種は蒔かれて畑に眠る

堀部知子
Tomoko Horibe

万年筆とボールペン

私がはじめて短歌を作ったのは中学二年生の頃であったか。当時旺文社から発行されていた月刊雑誌『中学時代』に短歌の欄があり選者は木俣修先生であった。何度か投稿しているとある時私の一首が一席になり、賞品は万年筆とボールペンのセットであったように記憶している。その賞品は直接通っていた中学校に送られて来た。職員室に呼ばれて担任に何をしたのかと尋ねられた。今そのような記憶が蘇ってきた。学業を終え就職をして六年間は休詠。結婚後に再開。「詩歌」に入会、前田透に師事。廃刊後「青天」に所属。現在、代表を務める。

昭和 15 年、新潟県生れ。所属結社「青天」。昭和 43 年「詩歌」の前田透に師事。現在「青天」代表。歌集『早桃《さもも》童子』『天狼星の絵』『水瓶』『朗月』。

月光の差すひとところ円窓に映る若葉にまどろみにけり

子のぬくき手の感触がいつまでも首にまきつくひとりのときを

二人子を早桃《さもも》童子と呼びし日の遠ひぐらしを忘れかねつも

受験期の子が帰り来てかたわらの眠れる猫をうら返しゆく

いつよりかやさしくなりし物言《ものい》いの息子はわたしを越えているのか

きのう息子は厨《くりや》をのぞき告げゆきぬ辰年弥生の婚の日取りを

魔女の香を注ぎ分かてる朝々の夫《つま》と子の珈琲はごく熱くして

夜烏を飼いならすごと靴ならべ夫や息子の居る間を磨く

娘ばかり育てし亡母《はは》の雛の月急《せ》かる思いに在《あ》りまししとぞ

歩行のかなわぬ姑《はは》に千二百キロ飛ぶ蝶の話などするわれら

ちちははの亡き幾年《いくとせ》ぞ十三夜の月の明かりにたち戦《そよ》ぐ花

夜を待ちて天空にさがすうさぎ座の光に潤むいのちいとおし

避難所から電話くれたる歌友《とも》の声に取り乱しいるはわれの方なり

捧げ持つ椿一りん被災地へ手向けん思いひたぶるなれど

頭《こうべ》垂れひと日すなおに揺れている小判草の黄金《こがね》に熟るる

外《と》に出ればはや夕日影励ましのひと声落とし鳥が飛び去る

風の動く気配を背《せな》に苑《その》を出る夫と歩みし日を還《かえ》らせて

逝きし人の声なくはるか愛《かな》しめばわれは空漠の野を飛ぶ螢

黄に満ちて冬菜の花のまっさかり励まされ来し歳月眩しむ

雪の夜〝はなびら餅〟をひとつまみ口にはこべど匂うことなく

時折を窓の外《と》に目を移しいつ斜めに迅き雪の雄心《おごころ》

優美なる物の怪《け》か大和のうたことば平成の世にうすく漂う

草の秀《ほ》をつつきゆきたる冬鳥や小《ち》さき脳《なずき》の命ずるままに

投身よりむしろ飛翔の姿《なり》に見ゆこの年の桜は柔肌《やわはだ》を揺る

はは　は　はな　花　華　端《はな》へふるふると点《とも》る夕顔老いの御《み》明かし

朝寒に雪掻く音の外《と》よりして亡き父の部屋にひとり目覚めつ

翳る陽をよぎる鳶は大空へ移る気配に両翼撓う

発心《ほっしん》にはほど遠くわが座り居つ利休鼠の雨降りやまず

明日は散るはなの予感をはらみつつ夕べを白くふぶく桜木

吊橋のこの感触のやわらかく昔の記憶さながらに渉る

今宵の月夢よりも濃くふるさとの軒端を照らす父亡き今も

雪深く誰《た》が靴跡か巡礼の帯と伸びゆくその先を見ず

桐のはな峡《かい》のなだりに花ざかり鎌倉へつづく尾根の午《ひる》すぎ

辞書を閉じ言葉のなかにさ迷えば冬の毛布は膨らみており

流麗に百済ぼとけは立たせども天衣《てんい》の裾をするどく跳ねあぐ

今生《こんじょう》にまみゆる縁《えにし》一体の百済ぼとけの謎のほほえみ

宝冠に瑠璃色の玉三つほどはつかに面《おも》をうつくしくする

路の辺の花はやさしく歌蔵《うたぐら》に納めおくもの数かぎりなし

友と巡る啓蟄《けいちつ》の日のデパートはミモザの花のあふるる窓辺

たっぷりと涙をためていたりけり咲《わら》う以前の久良岐《くらき》のさくら

明日は散るはなは予感をはらみつつ夕べを白くふぶく桜木

梅雨の月夢よりも濃くふるさとの軒端を照らす父なき今も

雪深く誰《た》が足跡か巡礼の帯と伸びゆくその先を見ず

襟元をくすぐるように花びらのこそり入りくる寂光《じゃっこう》の桜

ゆえもなくいちにんの死へ傾斜する　桜花《はな》散り急ぐな散り急ぐなよ

願わくば桜咲くころ縁《えにし》ある人らに届けん汝《な》が遺歌集を

花として草として立つ炎天下共に生きゆく人も愛《かな》しく

あの桜をとおき記憶に落葉《らくよう》のはららぐ音が耳の後ろより

撒水に纏《まつ》わりてくる黄の蝶の虹のしぶきを潜りゆきけり

なにものにも与《くみ》せぬ桜その天衣無縫のゆえに散るを怖れず

水紋をくぐりその輪を乱すなくヒメダカおまえは遊びの業師《わざし》

大公孫樹《いちょう》の木下闇《このしたやみ》の階のぼるここより違う界あるごとくに

月かげに見えくる庭の百日紅くれないの花は日をまたぎ散る

親指と人差指に摘《つま》み採るブルーベリーのそのぷりぷり感

ささやかな幸のひとつに庭に摘むブルーベリーの完熟の粒

部屋への雨戸を閉ざしつつ仰ぐこの夜の満月いつになく優し

水本 光
Akira Mizumoto

畑に問う

老いた今も、大自然の見えない神秘に惹かれて、畑へ向かう生活を続けている。

畑には小さな生き物が棲み、多くの植物が様々な表情を見せてくれる。語りかけたり、語りかけられたりして歌へと結びつけている。畑の土は、一握の土は、目に見えない多くの命を宿している。一握の土から虫が生まれたり、雑草が芽生えたりもする。農作業に努めていると、土のこわさも温かさも教えられているような気がする。また畑に訪れる多くの小鳥や小動物が、それぞれの命をせいいっぱい生きており、そのさざめきの中で風に鳴るものを想像したりもする。

このように歌の素材が溢れ、恵まれているのだから佳い作品を残さなければと思うが、思うようにならないのが短歌である。

それでも、短歌って何だろうと迷いつつ、妻に支えてもらいながら残り少ない時間を大切にして、仕事と短歌を楽しみたいと願っている。

昭和８年、和歌山県生れ。所属結社「心の花」。平成４年教育功労文部大臣賞受賞。第22回短歌現代歌人賞受賞。朝日新聞和歌山版短歌選者。県歌人クラブ顧問。歌集『残照の野に』。

限りある命ひとつと野良着身に纏ひて今日の作業をなさむ

歳月をかけて営む桃畑に剪定の技磨きつつをり

樹の姿に枝の強弱重ねつつ内向枝より鋏を入れる

老齢樹の枝の弱きを切り戻し結果更新はからむとする

ともしかる夕の光を惜しみつつためつすかしつ鋏を握る

わが畑を縦に斜めに移動なす雉子は飛ぶより走るを好む

抱卵の雉子の尾羽が里芋の茎の隙間にかすかに動く

昼の雨強く降りきて庭先の排水溝の鳴りけたたまし

杉山の襞吹き下る夕風がわが足元に小旋風《こつむじ》を生む

泥付きの夏大根を両の手にぶらさげ帰る妻の足音

しわしわになりて枯れたる夏野菜桃の木下の敷物となす

無農薬の響きよけれど菜園に小菜蛾・夜盗蛾・蝶が集まる

百坪を無農薬にと決めてより大根青虫百ほど潰す

晩秋の畑の隅の藁置き場冬眠なさむと蜥蜴集まる

わが畑に棲みつく蜥蜴・土蛙冬眠なしたか姿を見せず

寒気団南下続けて畑岸の鼠黐の実の黒くなりたり

冬に入る畑の隅に残りたる大豆の莢の弾く音する
稲藁を束ねるわれの後ろより稚鳩の来て田螺を漁る
なにくはぬ様に近付き雉鳩を襲ふ烏のはかりがたしも
風に鳴るものの姿を描きつつ想像といふすさび楽しむ
かえりみることのなかりし畑岸の白き茶花が蜜蜂を呼ぶ
結婚をなさぬ息子を嘆く友ゆゑ分らずと唯につぶやく
子のもとへ移り住むとふ友と見る鳥の群に遅れる三羽
故郷を離れゆきたる友の訃が届く夕べに虎鶫鳴く

刈草と粗朶を積み上げ腐葉土を作りくれろと土が囁く
自らの節を曲げない植物の栽培秘訣の土に拘る
小さきは小さきままに熟したる柚子の香りをたたせて採りぬ
夕暮れの時報に帰る学童の声を聞きつつ作業を仕舞ふ
里山の疎林に遊ぶ藪雀秋の日差しを散らしつつ鳴く
木通の実の青きを熟せと籾殻の袋に入れて待ちし思ひ出
落葉の後に残れる黄櫨の実の白きを鵯が群れて啄む
黄櫨の実を啄む鵯に距離をとり一羽の鶫くつくつと鳴く

合歓の木に蔓からませて素枯れたる烏瓜の実からからと鳴る

空を行く雲と話をするならむ杉の秀先の梟の声

耕しし表土の匂ふ菜園に春の陽炎ふくらみて立つ

舞踏なしときに小走り鶺鴒は畑を横切り橋渡りたり

襲ひくる鵙をいなして尉鶲わが鍬先の前に降り立つ

一人旅今日も続けて尉鶲草取るわれの前に辞儀する

春の田に餌を求めつつ移りくる鶫追ふごと飛来する鳧

生きゆくは厳しきものよ烏より餌を奪ひたる鳶飛翔する

相槌を打たねど桃の下枝よりわれを見詰める二羽の雉鳩

野の草の結べる万の実を揺らし命の鼓動を風運び来る

南風《まぜ》強く不動の森の椎の木が明日の入梅告げて騒立つ

水無月の雨にけむれる里山の叢より雉子の尖り声する

遅れたる摘果なさむと作業着を纏ふに畑に霧雨の降る

霧雨が降りみ降らずみ葉を濡らし帰れ休めとわれに囁く

台風の近付く夕べ桃畑に若捥ぎなさむと決めて急ぎぬ

朝露の白くまぶしき蜘蛛の巣に足引き寄せて主は構ふる

朝蜘蛛は殺めるなかれ耳そこに祖母の声する巣に触れず行く

積み置きし粗朶は朽ちゆく匂ひして草片雨を吸ひて艶めく

夕映えをつなぎ止めたし尻を立て玉菜白菜定植急ぐ

鍬先に蜻蛉が羽根を休めたり瞬きほどの畑の安らぎ

働きて働きにけり一日の仕事の嵩をノートに記す

天空に昔の友がわれを呼び数十年が揺れ戻り来る

一日の児童の声の表情を反芻なすごと電車にゆれて

引き継ぎの書類ととのへ捺印をなしてわが立つ慣れし椅子より

御供平佶

Heikichi Mitomo

越谷市大房

この地へ引っ越してきたのが昭和最後の年であるから平成と同じ三十年と、当分は令和がそれに加わろう。元荒川と東武スカイツリーラインの高架鉄道に沿って、古い地名が沼田と呼ばれた時代から、右の時代頃に始まったバブルがらみの新興住宅地が大分古びたにも関わらず戸建ての新築の家が、空地や駐車場に取って代わる不思議を感じてならない。

埼玉県越谷市にも、私が生まれ育った群馬県と埼玉の県境の神流川の環境と、山が近くにない以外は、格別の違いはないものの風やあめには地続きの自然がある。やはり「埼玉都民」意識は色の濃いものがありコロナ禍への対応はテレビの都知事の呼びかけに従う。

後期高齢者ということで検診に前立腺癌が見つかり、年齢的に手術は無理ということで放射線治療をお願いした。俳優の阿部寛に似た主治医にわたしが三百二人目だと言われて患部に線源を埋め込まれて、データは低下して零に近づきつつある。

昭和19年、群馬県生れ。所属結社「国民文学」。昭和38年6月、松村英一、千代國一に師事。49年『河岸段丘』。57年『車站』。59年『冬の稲妻』平成4年『神流川』。令和2年『傘』。

元荒川の四季

解説し報ずるばかり台風が現在何処に中々言はず
富士山の右へ台風の渦延びて関東東北を蔽ふ不気味さ
決壊の河川およそは樹木なく土を盛りたる土手が濁流に
川といふ器の縁《ふち》のぎりぎりに水が猛れり街よりも高く
台風の風に足もと踏まへ立つ川土手下の庭に噴く水
視野一面溢るる水の限界がこぼれず東京湾にそのまま
五十センチあと数センチと水位上ぐ川の土手すら靴にぼこぼこ
増水を見に来し堤折れて飛ぶメタセコイアのあをき葉小枝

老人の足ふみ外し呑まるるな水の犠牲になりたくはなし

一か月過ぎし台風の猛威さらに未知の猛威と報道の声

濁流に呑まるる街とわが街といつものやうに紙一重なる

春日部の「地下神殿」に救はれし元荒川の満水の縁

心かよふ話はなきか妻の前胸に溜めたる言葉つたなし

何か言ふ何かの中に吾が何か含まれてゐむいつもの独語

身の寒さ心のさむさ冬ちかくひとときは物をかかふる歩み

咳くしやみ間断もなし車内にて巡りの人が退避の気配

ことわりの葉書がまたも返る月身近な人に執筆頼む

雨のあと不意に咲きたる木犀の香りに染むと吾が立ち止まる

八方に白く咲きたる韮の花線香花火のかたちに実る

陽の下に一首手帳にメモをして暫く眩し色をうしなふ

十月の午前の日差しむらさきを張りつめて咲く街の朝顔

自動車に轢かせてつつく鬼ぐるみカラス何処に貯へをらむ

まぬがれぬ加齢に任す鈍足を抜き去る歩み女性は速し

葵萎えて炎天早き梅雨明けにアガパンサスの筒の花永し

日に灼くる路上に薄き影ありき蝶か蜻蛉か虚空に紛る

倉敷の水没の街屋根いくつニュースのそこに会員がゐる

「生きてます」孫のスマホと声届く顔を未だ知らぬ君避難所に

経験をしたことのない列島の各地の被害つぎつぎ豪雨

紅き星近づく真夜の鉄塔に集まるカラス終夜賑はふ

たどきなき二人のために奥能登の義姉夫婦より今日までの恩

義姉の訃に妻帰省して二日後の通夜まで二つ歌の会あり

羽田空港の路面に一機搭乗の階段にバス下りて登れり

日に二便日本アルプス機に越えて富山湾より能登湾青し

若きより働く肩のアスリートめく逞しさ遺影の姉は

白く太き骨格ほめく一体の神々しさに涙あふれき

列島を横断中の真夜中に風の台風音ただならず

一階に居たたまれずに二階では家を揺らして風圧軋む

川土手に孤立のポプラ長身の片側削げて大枝をうしなふ

枝重く繁りてゐたる洋杉《シーダー》の輪切りごろりと片付けを待つ

朱く締まる年輪は昭和白く広く平成の代を一気に育つ

後期高齢者診断にてやや高数値前立腺癌に放射線治療と

三百二人目となる前立腺手術にひとつ命をゆだぬ

必ずや生きて帰らう仰向けの顔もうひとつ吾が顔いかに

海老となる背にきりきりと半身麻酔針を刺されて歯を食ひしばる

脊椎蜘蛛膜注射しばらくに腰から下のあたたまりくる

マネキンのやうなる白さうすれつつ視野に二本はわれの両足

人間の足が視界にしろじろと立つのみ多分右は右の足

分娩の台と同じか下肢乗する麻酔の身体湯にゐるごとし

器具の音聞えず若き人声の遣り取り身には実感のなし

小線源五十一本永久に埋め込まれたり二時間余の半身麻酔

前立腺にある細胞を叩くとふ小線源を五十一本

線源は米粒の長さ永久に埋めて転移を封ずる手術

執刀医共に担送車を押して部屋のベッドに吾が身をどさり

尿受けて筒に張る網に二十日間何も掛らず治療洩れなし

年越えて小用近し水分は欠かさずとれと禁酒そのまま

冬ごとの拍子木鳴らす巡回も高齢向きの宜しき作業

南 久美子
Kumiko Minami

山の暮らし —短歌との出会い—

静岡県の山村に育った。バスも通わぬ不便な場所で母は戦前に教鞭をとっていた女学校を退職し祖母と米や野菜を作り味噌も手製だった。鶏を飼い卵をとり炊きたてのご飯にかけて食べた。

国語科の教員だった母は歌も詠んだ。母の本箱から佐佐木信綱先生の本を借りて読み、「花のない庭は寂しい。短歌は人の心に咲く花だ。」という言葉に子供心に感動した。

父は国立大学教授で駅まで四里の道を自転車で通い帰りに町の書店で本を買って来てくれた。啄木の歌集もあり「ふるさとの訛なつかし停車場の人混みの中にそを聞きに行く」等わかり易い歌を覚え東京とは何と大きく凄い所だろうと憧れた。「あしながおじさん」「飛ぶ教室」「クオレ」等海外の児童文学にも心奪われた。今、東京や欧米がコロナ禍に巻き込まれて言葉を失う。自分に出来ることは現実をよく見つめて歌を創り記録することだと考えている。

昭和22年、静岡県生れ。平成17年度日本経済新聞社年間秀作。平成22年度伊勢神宮観月会短歌部門入選。平成24年度NHK短歌友の会年間秀作。

朝霧の晴れし茶畑新しき鯉のぼり立ち悠々泳ぐ

Ａ《ア》ｉ《イ》ｂｏ《ボ》飼ひ家族の会話が増えましたと友よりメール自粛の日々に

（電子犬）

ＡＩにはきつと作れぬ歌がある干した布団のあたたかさなど

雨の日は将棋を指しに来る人の笑ひ溢るる村の楽しみ

朝採りの蕗を湯がきて甘辛く煮るは母より伝はりし技

イモチ病の研究ひと筋八十年叔父逝く蛙の声聞きながら

祝ひ酒ふるまふ如く水門を開ければ春の水田《みず》に溢るる

遠州の空つ風吹く冬の田に土作りする人は老いたり

絵日傘をクルリ回して人と距離取る暮らしにも慣れて来たりぬ
おぼえたての手話を使ひてビートルズ音楽の授業も静かに進む
オンライン帰省の子らと話す時ヒヨドリの声も混じり楽しも
カタツムリゆつくり帰る草むらへ籠もる暮らしも楽しむやうに
桜んぼ模様のマスクの知事さんに山形県に親しみ覚ゆ
追はれてもひるまず餌をとりに行く子鴨に今朝は励まされをり
大雪の朝配られし新聞は手紙の如く大切に読む
オルガンを放課後教へてくださりし平尾先生木造校舎で

怪談も楽しく聞きし蚊帳の中時々ホタルも飛び込みて来し

川濁り土の香りの風が吹き今年も農の季節を告げる

木守柿《きもりがき》二つ残りて百歳の父九十歳の母想ひ出す

米づくりする若者の少なさをコンビニおにぎり喰みつつ憂ふ

壊されて空地となりし家の跡「越して来ました」とタンポポの咲く

コンビニに行くにも二里はある村の暮らし支へて走る軽トラ

折り方を教へて一緒に鶴を折る祖母の役目は伝へゆくこと
（終戦記念日）

古紙使ひ中学生らが作りたる貼り絵の「ゲルニカ」終戦記念日
（ピカソ）

生徒連れ工場作業の日々語る母の背中に降る蟬しぐれ

戦争の記念館またひとつ閉ぢ忘れてならぬ記憶の薄らぐ
（クローズアップ現代＋《プラス》）

終戦の年には茄子がたんと生り生きのびられしと母は語りき

戦禍をもくぐり抜けたる江戸の雛お帰りなさいと木箱より出す

酒飲みたい老人ホームの七夕の短冊の文字はみ出す如し

自分より先づは黒牛洗ひやる農夫は師走の川に入りて

市役所の転入窓口紙雛をペルーの母子が手に取りて見る

授業では無口な生徒が走り寄りテスト出来ましたと告げ来る嬉しさ

新学期一年生の弟のランドセル持つ五年の兄は

石灰を春の畑に撒き終へて腰をのばせば雨降り始む

楽しみは卒業生より来る手紙笑顔の師なりと書かれてありぬ

天井の低さが子供に丁度よくお蚕部屋で宿題せし日々

遠山のホトトギスの声かき消して草刈り機の音一日響く

栃若が雲の土俵で堂々と相撲取るなり「夏の空」場所

トマトつてあつたかいねと幼な児は畑で採りたて喰みて喜ぶ

ドローンで農薬も種撒きもする時代リモート農業少し進みぬ

西の山に付きし集落暮れ早く午後はせはしく干し芋取り込む

花の数較べて帰る一年生初めて育てし朝顔の鉢

花見にも行かずに籠もる我のもと友から届く手づくりマスク

花びらがいたはるやうに降りかかり松葉杖つき桜を見上ぐ

伯方島《ハカタジマ》で買ひし粒塩ビンに入れ振ればザワザワ波の音する

バス停の満開の桜に目もやらず生徒らスマホの画面に見入る

パンジーの鉢またひとつ増えてゐる幸せさうな隣の玄関

百歳の父の育てし大小のレモンは強き香りを放つ

兵役で麻痺せし指で弾きこなす「望郷のバラード」ルーマニアの人

まり子さんのやうな山桜揺れて咲く「靴磨きの子」ら忘れないでと
（ガード下の靴磨き）

目に見えぬゆるやかな坂に気づきたり怪我せし足で歩みて行けば

味噌小屋は味噌樽梅干し漬物が蓄へられて命つなぎし

流鏑馬を終へてゴクゴク水を飲む馬は明日は別の祭に

玲子さんの畑で採れし白玉の如き玉ネギ今年も頂く

早生栗も落ちる頃らし故郷は今年の夏は帰るに帰れず

五十年の放送の仕事を退きし夫に子らから大きい花束

村上式子
Noriko Murakami

夢の中の虹

わが生の続くかぎりのまぼろしや打ち振る旗の前を
征きし子

よみ人知らず、である。記録しなかったし作者はとうに亡くなっておられるであろう。私が六年生の時〝朝日歌壇〟で読み、胸に沁み込んだ一首であった。短歌の力を思った。

しかし乍ら私自身が「窓日短歌会」に入会し小松北溟、秋葉貴子師らのご指導の下、沢山の歌友たちと共に短歌を詠み、学ぶ事になったのは、四半世紀も後の五十歳台であった。そして三十年が水の様に流れ去った。

今回この『21世紀現代短歌選集6』に参加させていただき、このページに冒頭の一首をご披露させて戴くことが出来、何故か私はほっとした。短歌を始めていて本当に良かったと思う。私は夢想する、いつか私の歌の一首が（もとより戦《いくさ》の歌などで無く）見知らぬ少女の胸にすとんと落ちて長く生き続けたらなどと……夢の中で虹を見ている。

昭和 10 年、東京都生れ。所属結社「窓日短歌会」「埼玉県歌人会」。「窓日」運営委員・選者。埼玉県蓮田市短歌クラブ前代表現理事。合同歌集『現代歌人俊英選集Ⅳ』他。

名作映画「大地」を鑑賞感動は今に新し予言のごとし

広大な大地にある日ぽっつりと黒点が空の彼方に見え来

点はやがて雲となりたり真っ黒に広がりひろがり空を覆い来

人びとが気付けば蝗の大群にて襲いきたりぬ唸りをあげて

火で水で素手で人らは戦いぬ守るべきものをひた守るべく

戦いは苛烈をきわめ襲い来る蝗は天から湧きくるごとし

体力も気力も尽きて伏す人ら叱咤しよろめき立たせゆくひと

きれぎれの声のありたり「風の音が変わりはじめた」

やがて風は西へと変わり黒雲は去りてゆきたり最後は点に
原作者パールバック女史の永遠よＤＶＤ納めぬ願いを込めて
三千余人の艦褸の如き心載せ「豪華客船」は夜の沖に浮く（ダイヤモンドプリンセス号）
集うこと語らう観ることことごとく剝奪されし二〇二〇年
世界覆うコロナウイルスがジョークなら幸《さち》いかばかりぞ今日四月一日
季節はずれの花火ごうごうと天に爆ず医療従事者への感謝をこめて
老人は近道なりと境内を抜けゆく時に脱帽をせり
すさまじき白髪なりき避難解除なされし駅を撮りている男性《ひと》（福島）

四年後に訪いたる三陸還れざるあま多のみ魂か若葉透く風
襲われし津波に市《まち》は地盤沈下し海に続くは果てなき泥濘（石巻）
目裏に長く残れりひしゃげいし赤の標識「止まれ」の文字が
気仙沼線の鉄道高架はぷっつりと切れたままなり荒海の上
万里長城との田老町の防潮堤十米を越され潰えて
家は建たず加工場のみになるという工事車輌と風が過ぎゆく
一本松よ会いに来ました海青し七万本も此処に在ったの？（陸前高田）
防風防砂防潮三百年の松林跡かたも無く波の渦巻く

大津波は海原線まで浚いしや想像も難し「高田松原」

見はるかす海紺青にて遠く白くきらきら溶けいる海猫の群れ

仮設では夢を見ないとの言重し心が被曝しているからと

校庭に貼り付き建ちいる仮設なり老い等に児童《こ》らにまた冬が来る

今は白紙の大キャンバスか三陸はかもめ巻き上げザッパ船ゆく

老若も男女も差なくひとつ火となりてとどろく和太鼓の連《れん》

沖縄を返せにあらず沖縄へ返せ　怒濤は岩を打ち継ぐ

炎天下身を削るがに勝ち上がり少年野球は決勝戦なり

延長戦十四回の一点差で大会出場は夢と消えたり
「絶対に泣くな」コーチは低い声で選手たちを叱咤していぬ
微動だにせぬ整列で少年らは相手チームの栄誉讃えき
選手らを率いてコーチは公園に「鬼ごっこせよ」と放ちたりとう
大声で泣き叫びつつ少年らは鬼ごっこせり心ゆくまで
畔走り獲りしバッタを放り投ぐバイバイ又ねと七歳の秋
仮橋を編み目見事なマフラーの老作業員に庇われ渡る
撒きし豆を疾風のごと追いわが犬は食べてくれたり鬼の五粒を

初投票だわねと人らはほほえみて〝香香《シャンシャン》〟見るごと高校生見ぬ

夫との旅行で外国の舗道引きし黒カバン今は遺品となりて

思い出をひとつひとつと取り出して避難用品詰める冬の夜

あの世から来しとこの世の踊り手の総踊り西馬音内《にしもない》盆踊りなり（秋田）

弓のごと身も指先も反らせつつ黒布で顔を覆いて踊る

亡き人も先祖の人らもここに居る紛れもなく此処に在られる幽玄

あえてわが言わせてもらえばこれこそが〝田舎〟の凄さただにそれのみ

黒装束の間に間に美《は》しきおんな舞い代代の布をはぎ合わせし着て

盆果つれば亡き人びとは去ってゆく淋しさ打ち込む激しき太鼓

頭上高く炸裂するは百連発「米百俵花火」夜空を覆う（長岡花火大会）

慰霊花火「白菊」は三発純白の花弁は長く長く延びゆく

九ちゃんの声しみじみと「…夜の星を」垂直無数の虹が立つなり

耳を聾すスターマインの饗宴に信濃川面も金波銀波に

真っ直ぐに昇る光に意志を見る砕けて市中《まち》覆うがの菊

フィナーレの百花繚乱のかけらかと思いしはぽつりひとつ星なり

手差しのべ私の少女が立っている私も伸ばし　滋様逝く（横田滋氏）

村山房子
Fusako Murayama

師のありて今

短歌に興味をもったのは、高校の現代国語の課題による。十首が選歌されその一首に選ばれたことが始まりだった。

二十の頃、信夫澄子師に「詩ではなく短歌を書いては」と誘われ、短歌を始めるきっかけになった。結婚後、加納久栄師の「紙と鉛筆があれば何処でも続けられる」の言葉に感銘し、家を軸に三十キロメートル圏内の日常、風景、動向、心象を拙なくも詠み続けている。

父母の介護の日々を詠むことにより、自分を見詰め心の均衡が保てた。五体が動かなかった私の闘病生活は、天井に目で三十一文字を書き拠り所を探していた。つまり、私の短歌は、亡き二人の師のお蔭と様々な情況を表現する中から得られる答である。

人生百年時代の今、短命家系の私は？　ですが、可能なら四冊目のパスポートを取得し、旅行詠と短歌を学びたい願望がある。夢を叶えるため、新型コロナウイルスが一日もはやく収束することを願っている。

昭和23年、千葉県生れ。所属結社無し。昭和40年から5年間、信夫澄子に師事。昭和61年から6年間、加納久栄に師事。歌集『水の意志』。合同歌集6冊。

幾代の人の手ゆだね咲きつづく村人の知る四季物語

分蘖《ぶんげつ》の稲田をわたる風のあり四角の畦の清しく映る

おお方の人は自粛か車窓にも沼辺の花のあかるく続く

生命を風にのせゆく蒲公英の絮また飛ぶを屈みてまとう

絶えもせず今年も実ばえの青紫蘇を庭隅へ決めまびく六月

穏やかにひと夏あれと浜木綿は花冠を空へ掲げ咲きいる

一株も四半世紀の時を経てアガパンサスは庭に群生す

曇りの日鳥か風かの運びきし芝生にまじる小さき草ひく

梅雨の空マジシャンのだす布のごとようやく沼に夕陽さしくる
黐《もち》の木をこえ虚空しめ咲きて散る凌霄花も盆を迎える
柿の木も事情あるらし間をおき実のにぶい音たつ旧盆の庭
夏空とむきあい咲くを称えみるカンナの紅《あか》とサルビアの赤
真夏日に木の葉ひとつも揺りもせぬこの時庭の静止画を観る
欅木の西日の陰は躑躅へとさらに色濃く陰おく地面
桜木は低き木々へと陰をおく涼しさはこぶ庭の暗がり
二間もの窓おおうゴーヤ八本の蔓のかさなり西日をふさぐ

屋外に働く男を彷彿す皇帝ダリアの広げる日陰

真夏日に汗のふきでるわが頭十指さしこみ髪きつく結う

猛暑日に流れる汗は頭よりあと十分たえブルーベリー摘む

裸足にて知る心地よさ真夏日の余熱ののこる芝生《しば》の感触

地下水の冷たさ手から顔足へ畑土おとす水透けるまで

日に日にと干涸ぶ池の蒲の穂の色濃くなるを頸に見つむ

立ち枯れの茄子ぬきし日に蜩の啼き秋めくを風にて知れる

南風すずしく入りく縁側に座りて蝶の飛ぶを眺める

翅たたむ揚羽蝶の眼差しはやさしく池の水音にむく

なぜ今朝も一位の幹へ玉虫の羽の動きて飛ぶを見るのか

束の間の生塵《ごみ》だす朝も襲いくる蚊の一念をのがれ猛ダッシュ

上弦の月の照らせる庭いずこ虫はか細くゆずりあい鳴く

危さにまさる自由も寂しさもあろうや崖にいずまう小山羊

後世の子孫をおもい植えられし山武《さんむ》の杉をいたわる驟雨

十五号の台風ニュースききながら小さく結びを握いる宵

鋸の音より寂し生木より杉の香あふる山武の林

台風はあまたの杉を裂き去りし跡にこの世の戦場みたり

兵の無念の姿に見えてくる裂かれし生木の山道《みち》とおる度

熱風と埃まいあげ車ゆく徒歩の人への俄雨ふれ

郊外へはいり待つ人もなく走るかわいい絵柄のコミュニティバス

年に五度のらぬであろう急ぎ着くモノレールボナ点検と知る

あまりにも明るい声で話すから笑ってしまう怪談話

出かけると缶のドロップを買いくれし母の歳こえ母の懐かし

夏草に覆われる農地《とち》をもてあます「草かれ草」と時鳥なく

荒草をゆするは風か猪か竦む身に強く風あたりくる

今の世にそぐわぬ習わしかえつつも家のことゆえほそぼそ護る

絶やさずに守りきたるや一月の行事こまかく手帳に記す

子と孫の洗える墓石十七基すがしく光る先祖の御霊も

良きものを選び決めたる御仏に供える百合を刹那に切りし

火の玉をはじける光りの儚さよ送り日の日の線香花火

コロナ禍にサイダーよりも清々し八村塁のダンクシュート

気がつけば会話にあらず報告ねマスクをみつめ「了解」と我

巣ごもりの日々は余儀なし雨の日に手作りマスクのでき星ひとつ

自粛する日々になれきて一時間おそく夫との朝餉を囲む

隣りあうレジに友のいる目礼とエアータッチの三密の礼

欲望の芽をつぎつぎと切りとりてスマホのつなぐコロナ禍の日々

あるがままなすがままなる生き方に憧れ抱く病の癒えて

病室に五体のきかぬ我がいた夏野菜切れる両手いとおし

歳月の長さしらしめ櫻木は台地に花の筵しきつむ

葉をはらい一本櫻の全霊に気迫みちいて冬に来むかう

森川和代
Kazuyo Morikawa

恋する人へ

昭和三十七年、鹿児島寿蔵の書生をしたことのある森川司俊先生に出会い、短歌の添削をしていただいた。

昭和三十九年五月、北本町教育委員会の回覧で知った「せせらぎ短歌会」に出席して、大西民子先生に出会い、以後、亡くなるまで師事。

「短歌はマラソンのようなものだ。走り続けなければいけない。短歌は、写生でも写真でもない。心で描くのでなければ……。どんな小さな小砂利にも、光りを当てたなら、光るのではないか」との信念のもと短歌を作った。

平成十七年、「星雲短歌会」創刊に当たり、編集委員だった私は、大芝貫氏が山梨県北杜市に歌碑を建立することを知りかけつけた。帰りの電車の中で知り会った大野とくよ先生から『大野とくよ全歌集』を賜り「じゆうにんのかい」に入れていただいた。後に運営委員となった。会賞、風林火山賞、山梨日日新聞社賞。黒田青砥氏のカレンダーに毛筆色紙が載用された。楽しかった短歌人生は夢の如はかない。

昭和20年、埼玉県生れ（旧姓 大室）。所属結社「星雲」「じゆうにんのかい」。昭和39年5月〜大西民子に師事。平成21年11月『白き風車』北溟社より刊行。第4回石川節子賞（短歌部門賞）受賞。

てのひらの大き男の子の生まれたり結びし口は祖父に似てゐる

「一番がよいでしょ」とわれに迫りたる幼児《おさなご》はすでに哲学をもつ

召し使ひの子の連れて来し金の玉子うむ鶏に皆笑ひたり

白雲は天に気ままに浮かびをり今一時《いっとき》の幸せに似る

くれなゐの秋桜の花咲き続く白き風車の見ゆる丘より

ピーマンの青き匂ひを嗅ぎながら生きゆくための食事しつらふ

香をかげば桃に袋をかけてゐし母の姿がよみがへりくる

大風に倒れし背高き月見草つぼみのあれば壺にさし置く

つばめ低くまた高く飛ぶ青田の上五月の風の吹きぬけてゆく

一房に幾粒あらむや葡萄の実紫水晶《アメジスト》に勝る輝き

新型のコロナが流行《はやり》八月に延期されたる銀座画廊展

金婚の年にあたれば嬉しさに蘭亭序文の全文を書く

ソルダムの一果熟して土に落つ商売にならぬ年もあるらし

順調に育ちてゐしが長雨にブロッコリーは枯れてしまひぬ

なにもかも当てのはづるる年となりコロナの渦におののきて生く

この苗は暑さに強い品種とふ猛暑の畑に今日は植ゑつく

真昼間に植ゑたるキャベツ夕べには鶏が青葉をつつきてゐたり

まんまるのキャベツのみのり祈りつつ虫よけネット張り囲み置く

ひたひたと耳元に寄する波の音いづこの海辺さまよひゐむや

台風に倒れし木々をそのままにかたづけられずまた秋が来る

甘夏の収穫できずコロナ禍に県外者は来るなとうとまれて過ぐ

晴れ渡る青空見ればはるかなる房総の海われは恋しゑ

高価なる房総枇杷の種まけば一本育つ黄金の実り

実るまで三十年の歳月を長しと思ふ若さ戻らず

右腕に痛みのあれば力仕事かなはぬわれにもどかしくゐる

鶏のゑさ袋一つ二十キロ持ち上げられぬわれとなりたり

母恋ひし母の飼ひたる鶏をまねして飼へば夕べははやし

何事も逃げるが勝ちと言ふ言葉戦後も今も同じと思ふ

安らかな眠りにつかむと鳴けるひな親鶏《おやどり》の羽毛に包まれをれば

親鶏はこちらを見てゐる人の住む家中なれば静かに座る

嬉しげに声たててえさ啄ばめり籠の中にて親子は平和

人の世も見えない籠があるならむ目を細むれば何か見えぬか

金婚を迎へし夫が語りたる戦火を逃れし十二歳の頃

熊谷の大空襲を逃げし夫ぽつりぽつりと記憶を語る

防空壕に向かひて父の叫ぶ声「逃げたか、逃げたか」

応答のなきは皆逃げしと思ひつつ少年の手をしつかり握る

手を離すな父に引かれて焼夷弾降る中走る北の方へと

横に落ち後ろに落ちたる焼夷弾かかとを打たれし友もありしと

国道の向かひ側なる高城神社の大木に身を潜め母は生きたり

風向きが変はれば神社もろともに焼死すなむと覚悟決めゐき

今の今住みたる家は炎群《ほむら》なりきぼうぜんと見る青田の中に

玉音の放送聞けば涙落つ終戦なれど住む家のなく

焼け落ちし家にたどれば母がゐて無事なることに抱きしめくれき

君の家の米俵薪蓄へし土蔵の二つ焼けて果かなし

われはまだ六カ月なりき少女期は林芙美子の放浪記読む

焼夷弾の落ちる音　花火の上る音似てゐてつひに耳をふさぎぬ

かへりみれば共に並びて花火など見しこともなき五十年かな

コロナ禍で花火も祭りもなきゆゑに初めて静かな七十五年目

敗戦後次々死ににき祖父母とふ熊谷の墓地まで迎へに行かむ

森川の墓地の植木の下草に小さく揺るるねこじやらし一本

長雨に今年は見ずやねこじやらし墓で待ちしか民子の化身が（民子＝大西民子）

わが家まで一緒に迎へむ民子の魂お入りおはひり提灯の中

戦前はこまもの、質屋営める祖父がいでくる『田舎教師』に

大勢の知らないやから連れ帰る大宮の家の盆飾りの中

放浪記の恋する人は偶然にも質屋の息子追ひかけてみる

放浪の身ではなけれど転々と四ツ目の家に共に住みゐる

森島朝子
Asako Morishima

五十一年は何？ 懺悔録

このところ夫の入院先で吸引の仕方や経管栄養のやり方などを、週一、二回教わっている。自宅療養へ向けての準備である。

順調にリハビリ病院での生活が四ヶ月続いていた三月十三日、コロナ感染症のためか面会禁止の電話。退院までの二ヶ月は全くコミュニケーション取れず。メモや葉書等洗濯物に付けて受付で依頼はしたが、本人の表情は見えない。転院時まで会えず、転院も三時間での終了。転院先でも禁止の状態は同じ。一ヶ月して（六月）週一、十五分の許可。会ってガックリ。衰えることの早さに言葉をのむ。十五分の短さと対面・コミュニケーションの大きさを再確認。七月に入り又禁止令。なす術なく家へ連れて帰ろうと願い出て、今の状況。強引に私が言い出して娘二人がついて来ている。仕事の合間を見て練習にも来ている。

何もかも初めてのこと。訪問看護や診療など打ち合わせはこれからである。未知の世界だが、家族が一緒にくらせることを願いつつ。

平成18年、熊本県生れ。所属結社「窓日短歌会」「花實短歌会」。昭和50年「窓日」入会。現在「窓日」選者、校正部長。日本歌人クラブ、千葉県歌人クラブ会員。

京の宿に姉との朝餉の楽しさを一気に飛ばす娘からのメール

父意識低下緊急搬送詳細は後で　京都と千葉の遠さを思う

昨夕からのステイ先での事なれば娘も顔見ずに対応ちぐはぐか

脳梗塞らし手術応諾娘に頼みとって返しぬ　やっぱり遠い

取り残しの破裂の危険とう言葉一週間は雲上歩くがに

どきどきの一週間は過ぎ去れど医師の言葉は心許なく

一命は取りとめました片麻痺と言語は無理と厳しく告げらる

言葉出ぬ夫に思わず落涙の我を見つむる口をゆがめて

十本の管に命繋がるる夫の悔しさ思うに辛し

口ゆがめ流す涙を拭きやりつ初めて夫の命を思う

手術より二週間過ぎリハビリが始まり朝から車椅子に

器具付けしままにリハビリ酷かとも「機能はどんどん衰えますよ」

抱えられ足を動かす夫が居る頼もしくもリハビリ続く

急性期を二ヶ月内にて回復期の病院へ移るこれも法則

リハビリの専門病院に移りたりこれから六月《むつき》をここに頼みて

変わりなき日々と思えどリハビリの効果は確かにあると信じつ

日々《にちにち》の病院通いわが仕事とバス通りの家並も親しく
陶のねずみ出しつつ歳を数えおり夫婦《ふたり》とも次の子年は無理かと
ことしこそことしこその希い込め雑煮の椀をゆっくり磨く
励ましの友の見舞のシクラメン赤冴え冴えとわが鬱減らす
鏡餅《おかがみ》の丸き面を撫でながら去年は二人で供えしなるも
三食を経管栄養に頼る夫の目許窪みぬ四月《よつき》を経れば
ひとの手を借りねばその身支えられぬ夫の哀しさわが裡に収めん
月に一度医師と家族との面談あり帰る足どり重さ続きて

公園の白梅はやも散り始む夫に見すべく二花を拾いぬ

ホキョケキョの声も聴き得ぬ夫の身よ春教えたし花の香りも

わが庭の豊後梅がほころびぬ夫の部屋は特等席なるも

病人の夫にちっとも優しくない私は変わらずぐちぐち女房

厨辺にふと思いおり夫の好物？何だったのか五十一年は

あの時の目眩を大事に思いおれば言語の麻痺まで行かずにすみしか

あの時に外出せずに病院へ夫連れゆけばまだ間に合ったのかも

倒れる一週間前の展覧会夫を残して娘と出掛けたり

思い返せば用意の昼食箸つかざりき今更ながら我の愚かさ

還らぬを胸の底にて悔いおりてただただ詫びることしかあらぬ

読書《よみ》と創作《かき》が日常なる夫なれば思うに任せぬこの日々倦むかとも

ステイ先に持参の文庫本『良寛』上巻ペン挟まれしまま机上に

ポケットに常に小型のメモ帳あり変わらぬ日常出かける時の

倒るる前夜書きしメモかも字の乱れ体調悪しきをつゆ思わざる

京都への旅ばかりに気をとられ夫の体調深く思わず

ステイへの見送りも娘に頼りたるわれの不覚はこの結果なり

「お父さんをお願いね」娘の送りに手を掲げて旅立つ我は気分上々

おそらくはライフワークとせる作品を思い居るらん夫の日々《にちにち》

前篇は仮印刷まで終りたり後篇書き出す前に倒れぬ

後半を一語も書けず悔しかろう問えば「やる」と頷きている

この元気まだあれば「よし」と思えども切なし右手一つも動かず

気力あるうちに花など見せたくも面会禁止に先へ進めず

転院の二時間ほどを面会すコロナ騒ぎが病人まで及び

哀しきはコロナ禍なれば誰恨むことなし息をつめて過ごさん

週一回十五分の面会許可やっと会えます九十日ぶり

衰える日を待つのみか計画表の隅々探す好転の文字

会えぬ日が九十日は長かりき見舞う我はも病人なおもて

汗かきの夫には週一回の機械浴はもの足りなくもこれが現実

娘らと我の人生の苦を一身に負うがの夫は悔しさ言わぬ

喜寿ですよ、絵に描くケーキにおめでとう面会禁止になすすべもなく

自宅療養願いて介護のあれこれを教わる日々は忙しくも嬉し

万全な介護無理かも心を尽し　家族の生活《くらし》願いており